Collection folio junior

Boileau-Narcejac : sous ce double nom se cachent deux auteurs, Pierre Boileau (1906-1989) et Thomas Narcejac (né en 1908). Tous deux épris de littérature policière et auteurs de romans d'aventures, ils se rencontrent et s'associent en 1948. Inséparables, leurs rôles sont néammoins nettement définis : Pierre Boileau bâtit l'intrigue, Thomas Narcejac rédige, étoffe, met au propre le texte définitif.

La plupart de leurs romans ont été portés à l'écran, notamment par Clouzot et Hitchcock.

Le cycle des *Sans Atout* dont est extrait *La Vengeance de la mouche*, consacre un genre policier pour enfants : une intrigue sophistiquée débrouillée rondement par l'intelligence aiguë d'un jeune garçon.

Daniel Ceppi est né en Suisse. Grand spécialiste de bandes dessinées, il a publié ses dessins dans de nombreux journaux et magazines, et continue à dessiner régulièrement pour *La Tribune de Genève.* Le roman policier a pris le relais de la bande dessinée, et Daniel Ceppi a éprouvé un grand plaisir à illustrer *La Vengeance de la mouche.* Aujourd'hui, il vient de publier son quatorzième album et continue de sillonner le monde, après plusieurs mois de repérage à Belfast.

Yan Nascimbene a dessiné la couverture de *La Vengeance de la mouche.* Il est né à Neuilly-sur-Seine le 3 avril 1949, d'un père italien et d'une mère française. Son enfance et son adolescence sont partagées entre l'Italie et la France. Il étudie à la School of Visual Arts de New York puis à l'université de Californie, à Davis, où il vit actuellement.

Passant de la photographie de mode à la peinture, puis au cinéma, avec la réalisation, en 1981, d'un long métrage de fiction, *The Mediterranean*, il s'oriente ensuite vers l'illustration. Pour Gallimard Jeunesse, il a réalisé toutes les couvertures des collections Page Blanche et Page Noire. Il a également illustré *Du côté de chez Swann* (Gallimard/Futuropolis) et est l'auteur de magnifiques albums.

ISBN 2-07-051362-9
Loi n° 49-956 du 16 juillet 1949
sur les publications destinées à la jeunesse

Dépôt légal : avril 2001
1er dépôt légal dans la même collection : mai 1993
N° d'édition : 02551 - N° d'impression : 55263
Imprimé en France sur les presses de la Société Nouvelle Firmin-Didot

Boileau-Narcejac

La vengeance de la mouche

Illustrations de Daniel Ceppi

Rageot-Editeur

1

– Au secours ! Vite !

Le cri vient du jardin. Toutes les conversations s'arrêtent. Tous les visages se tournent dans la même direction.

– Vite !

– C'est Claire ! dit le serveur.

Les clients se précipitent, se bousculent sur le seuil du café.

– Doucement ! proteste le garçon.

Déjà, son plateau chargé de tasses et de bouteilles s'écroule avec fracas. Au fond de l'allée, près de la tonnelle, Claire brandit un arrosoir vide et l'abat à coups redoublés sur quelque chose qu'on ne distingue pas très bien.

– Sale bête ! répète-t-elle avec rage.

Masseron, le plus rapide, arrive à la rescousse et crie :

– C'est rien ! C'est une couleuvre.

Il est rejoint par les habitués : Lapouge, le correspondant de *La Montagne,* Victor Carrel, le menuisier, Loubeyre, le postier, deux ou trois curistes en pension à l'hôtel Bellevue, Me Robion, l'avocat et François, son fils, plus René le garçon, qui secoue son plateau dégouttant de café.

– Écartez-vous, s'écrie le postier, c'est une vipère et elle n'est pas petite.

On fait le cercle. On se penche. Claire dépose son arrosoir et se met à pleurer.

– Qu'est-ce que j'ai eu peur ! bredouille-t-elle.

Masseron avance un pied et pousse la vipère assommée dont la queue se tortille avec lenteur.

– Attention, recommande un curiste d'une voix un peu étranglée. Elle n'est peut-être pas morte. Ça a la peau dure, ces bêtes-là !

– Vous êtes sûr que c'est une vipère ? demande l'autre curiste.

– Absolument. Cette tête triangulaire, et puis la forme, la couleur... Ce qui vous trompe, c'est la longueur, mais, cette année, elles sont plus grosses que d'habitude.

– Exact ! dit Maupertuis, l'instituteur en retraite. Permettez...

Il se faufile au premier rang, arrache d'un parterre la bêche plantée en terre et soulève délicatement le reptile qui pend de chaque côté du fer.

– Poussez-vous, que je jette cette saloperie sur le fumier !

En groupe, on l'accompagne. Loubeyre rassure et console la servante.

– Elle ne vous a pas mordue, alors il ne faut pas avoir peur !

– Il y en a peut-être d'autres ! murmure Claire.

– On va regarder ! propose René, en secouant son plateau. Mais ça m'étonnerait ! C'est la première fois que ça arrive !

L'instituteur jette le cadavre de la vipère sur le fumier et du tranchant de la bêche la coupe en deux.

– Vaut mieux être sûr ! dit-il. Vous avez fouillé le fond du jardin ?

La tonnelle est adossée à une haie qui bourdonne de mouches et de guêpes. Au-delà commence la campagne, que la canicule a transformée en terre brûlée.

– Si maintenant les serpents cherchent l'ombre, dit le menuisier, on aura tout vu.

François reste près de son père. S'il osait, il lui prendrait la main. Lui qui a déjà affronté certains dangers sans frémir, les reptiles le terrifient. Un jour, au Jardin des Plantes, il a visité avec ses parents les enclos réservés aux serpents. Il avait entendu raconter que les serpents hypnotisent leurs proies ; elles sont attirées par ce regard qui n'exprime rien, qui ne brille pas, qui n'est ni une fente, ni un pli de la peau, un œil sans paupière, une sorte de bouton de soie noire fixé sur une tête pivotant comme un périscope, et muni d'un trou qui décharge spasmodiquement un horrible projectile de chair fourchue, l'horreur pure. Les très gros, encore, ça se laisse contempler, malgré un frisson de terreur. C'est immobile, et pourtant ça bouge. On voit les taches de camouflage se déformer comme le feraient des taches d'huile, par une lente contagion de viscosité. Il n'y a pas de bout, pas de queue, pas d'endroit ni d'envers. Simplement une masse paisiblement grouillante qui se corrige, se reforme, comme un sourd bouillonnement de matière.

Mais les petits, c'est encore plus effrayant. C'est véloce comme un trait d'arbalète ou bien ça s'enroule sur soi par spires régulières comme un cordage et, au centre, il y a quelque chose qui veille, qui guette, et puis voilà que tout se défait paresseusement et le serpent déploie sa robe aux coloris chatoyants, la promène pour le plaisir parmi les branchages qui font de sa cage un petit univers végétal plein de recoins, de détours, de retraites, où disparaît ici, reparaît là, le glissement qui n'en finit plus de l'animal mystérieux. On lit les inscriptions qui ajoutent encore au malaise, « aspic », « vipère cornue », « crotale », « cobra », « mamba », « serpent corail », « serpent minute »... tous ces noms semblent gonflés d'un venin mortel. Et ce sont les plus petits, comme le corail ou le serpent minute, qui foudroient sur place leurs victimes. Ils sont la salive vénéneuse de la forêt. Même ici, dans ce jardin embaumé par les roses, le danger nourrit l'angoisse.

– Où se cachait-elle ? demande le postier.

– Elle était juste à côté du banc. J'ai failli marcher dessus ! dit la jeune fille.

– Vous savez, commente l'instituteur, une bête de cette taille, si on ne soigne pas tout de suite la blessure, c'est capable de vous tuer. Surtout cette année, leur venin est particulièrement actif, peut-être à cause de la sécheresse.

Le groupe revient à pas lents et s'agglutine autour du bar pour faire le point sur l'événement en buvant un café.

– Il faut dire, remarque Masseron, qu'un été comme celui-ci, ce n'est pas ordinaire.

– Vous ne devez pas vous en plaindre, observe le postier. C'est plutôt bon pour vous.

– Bon pour moi ! proteste Masseron. Vous voulez rire. Personne ne prend plus rien. Une truite à la mouche, par-ci, par-là. Au ver et à l'asticot, rien de rien. À la mouche, si on a de la chance, le coup du soir peut être assez bon. Mais vous avez vu l'Alagnon ! Il n'y a plus d'eau. Et le barrage ? Si ça continue, l'usine sera obligée de s'arrêter. Alors mon commerce, lui aussi, est en panne. Depuis le début du mois d'août, vous savez ce que j'ai vendu ? Trois cannes à mouche et une épuisette ! Et pourtant ce ne sont pas les estivants qui manquent, n'est-ce pas monsieur ?

Le père de François opine et profite de l'occasion pour pousser son fils vers le commerçant.

– En voilà un, dit-il, qui se faisait une joie d'aller à la pêche.

Masseron prend l'avocat et François par le bras et leur montre une table libre. Il baisse la voix :

– C'est vrai. La pêche, en ce moment, ne donne rien. Mais il suffirait d'un bon orage... Si le garçon a envie d'attraper quelques truites, je connais un coin sur la Truyère. Je l'emmènerai bien volontiers !

– C'est vrai ? Vous feriez cela ?

– Avec grand plaisir. Et puis c'est mon métier ! Puisque, en ce moment...

Du côté du bar, une discussion s'envenime. On entend la voix aiguë d'un curiste.

– Ils ont bon dos, les rats !

– Parfaitement ! dit Maupertuis. Tenez, c'est dans

le journal. J'ai découpé l'article. Si on ne fait rien contre les rats, les serpents prolifèrent.

Il fouille dans sa poche sans cesser de parler.

– Le campagnol cantalou, risque majeur ! Écoutez ça...

On se tait, à l'exception du curiste qui s'informe.

– Qu'est-ce que c'est, le campagnol cantalou ?

– C'est un gros mulot ! explique le postier.

L'instituteur a mis ses lunettes et commence : « La prolifération de cet animal dans cette région laisse les scientifiques dans la perplexité. 80 000 hectares de pâturages ont vu, entre l'automne et le printemps, leur surface ravagée à 30 % selon les estimations d'une commission d'enquête. »

– Oh ! Faut quand même pas exagérer ! proteste Lapouge. La Margeride n'est pas un désert !

– Pas loin, corrige Maupertuis. D'après la F.D.S.E.A., il faudra procéder au réensemencement de 37 000 hectares. Alors, à 3 000 francs l'hectare, vous n'avez qu'à compter. Rien que dans le département, le déficit fourrager varie de 40 à 90 %. C'est écrit là ! (Il brandit son journal.) Je n'invente rien ! Et attendez ! La Commission des calamités agricoles a refusé de reconnaître le caractère de calamité du phénomène, sous prétexte que ces parasites (je cite) « font l'objet d'une lutte possible ».

– Et on peut lutter ? questionne le curiste qui n'avait pas encore parlé.

– Bien sûr, plaisante aigrement Victor Carrel. Il n'y a qu'à vendre nos vaches. À la bonne vôtre !

Il lève son verre, mais un lourd silence s'abat sur la compagnie. C'est encore Maupertuis qui reprend la parole.

– Il faudrait l'autorisation du maire ! Et pour ça, vous pouvez toujours courir !...

Masseron chuchote :

– Écoutez-les ! Avec eux, tout se ramène à la politique. Le maire, c'est notre pharmacien, M. Villadieu. Et M. Malègues est son cousin. Villadieu est à droite, genre Paysan Indépendant. Malègues vote écologiste.

– Laissez-moi deviner la suite, dit M. Robion, en souriant. M. Villadieu est partisan de tuer tous les nuisibles tandis que son cousin ferait plutôt campagne pour les épargner. C'est bien ça ?

– Exactement. Mais n'oubliez pas que l'un est très influent ! Maire et pharmacien, ce n'est pas rien ! Et l'autre, de son côté, est très riche. C'est le seul industriel du pays. Pourquoi s'en veulent-ils ! Allez savoir. Mais c'est un fait qu'ils se détestent. Tout leur est bon pour se quereller. Et cette fois, l'occasion est magnifique : il n'y a pas eu d'hiver et la canicule se prolonge. Bonne affaire pour les mulots ! Et bonne aubaine pour les serpents. Mais aussitôt M. Malègues prend le parti des rats : « Laissez-les vivre ! Ils disparaîtront d'eux-mêmes comme les lemmings. » À quoi M. Villadieu répond : « Plus il y a de rats, plus il y a de vipères. Nous devons lutter, en particulier, contre tout ce qui est venimeux. C'est un danger public. »

– Ma foi, dit M. Robion, il est difficile de lui donner tort. Encore une question... J'aime bien aller au fond des choses. Qu'est-ce qu'il vend, ce M. Malègues ? J'ai aperçu ses camions.

– Oh, c'est un malin, fait Masseron. Vous savez qu'il existe, en zone rurale, des bibliobus qui sont des bibliothèques roulantes à la disposition des paysans, des fermiers, de tous ceux qui habitent dans des endroits reculés. Eh bien, Malègues a eu l'idée d'équiper des bus-ateliers, munis de tout l'outillage dont on a besoin à la campagne sans l'avoir toujours sous la main. Il va dans tous les coins un peu perdus de la région, avec ses scies, ses clous, ses clefs anglaises, ses établis, tout quoi ! Son succès a été instantané ! Il gagne ce qu'il veut avec son matériel ambulant. Il vient d'acheter un cinquième camion.

– Et il a des jaloux ?

– Oh ! là ! là !

L'avocat tire son porte-monnaie et Masseron proteste :

– Non, non ! C'est pour moi ! Laissez !

Il se tourne vers François :

– Venez au magasin après déjeuner. On parlera de truites. Ce sera un sujet plus intéressant que nos histoires de village. Vous êtes là pour quelque temps ?

– Trois semaines, précise M. Robion. Le temps réglementaire de la cure. Mais il y a autre chose. Je suis venu surtout pour entreprendre une étude sur le maquis de Ruynes. En 1943, j'étais pensionnaire au collège de Saint-Flour où mon lycée avait été replié. Et j'avais un très bon ami, Lucien Feneyroux qui, pour échapper au S.T.O., s'était caché près de Ruynes, dans une ferme. Je résume... le malheureux a été tué dans les combats de la Résistance, et je voudrais tirer tout cela au clair.

– Je comprends ! dit Masseron. Mais vous ne croyez pas qu'il est trop tard ? Les rares témoins sont morts à présent. Il y a bien le Gustou, mais il n'a plus sa tête.

Masseron ne peut s'empêcher de rire.

– Ce n'est pourtant pas risible ! s'excuse-t-il. Le pauvre garçon a été fusillé, au moment des représailles. Oui ! Fusillé ! Deux balles de mitraillette dans la poitrine. Laissé pour mort sur le terrain. Ramassé par le père de Malègues, sauvé. Mais un peu fou. Et même carrément fou. Il croit que les Allemands occupent encore le pays. Dès qu'il aperçoit quelqu'un qu'il ne connaît pas, il se cache. On le laisse tranquille. Il rend des petits services. Il attrape du poisson qu'il vend dans les hôtels. Il cueille des cèpes, il bricole.

– Je pourrais peut-être lui parler ?

– Ça m'étonnerait. Il vous prendra pour un homme de la Gestapo.

– Est-ce à ce point-là ?

– Il n'est pas dangereux. Il est seulement insaisissable.

– Où vit-il ?

– Dans les ruines de la ferme où il s'est battu. Il s'y est aménagé une vraie tanière. Le seul qui peut l'approcher, c'est le vieux Malègues. Un vieil original à couteaux tirés avec son fils.

– Eh bien ! plaisante l'avocat. Entre les vipères et les cinglés, nous sommes bien tombés !

Ils traversent le café qui s'est vidé peu à peu. Cependant, ils entendent encore une voix bourrue, dans la cour, qui tonitrue :

– La saison est foutue, moi, je vous le dis. Du temps de Volpihac, ça se passait autrement !

– C'est l'ancien maire, murmure Masseron. Faites pas attention.

Il change de ton :

– Alors, ce jeune homme veut tâter de la mouche sèche ? C'est passionnant ! Mais il y a un coup à attraper. Je lui montrerai. Tout à l'heure au magasin.

Poignées de main. L'avocat et François regagnent leur chambre au premier.

– Je vais potasser mon manuel, dit François. Il y a toutes sortes de photos excitantes, montrant la technique du lancer ! Ça ne doit pas être si calé que ça. Tout est dans le poignet.

– Eh bien, bonne pêche ! dit l'avocat. Tout à

l'heure, nous irons acheter des bottes. Je ne veux pas te savoir en savates au bord de l'eau.

Et voilà François seul dans une chambre d'hôtel aux murs si minces qu'il entend son père aller et venir dans le cabinet de toilette contigu. La chaleur est accablante. François se demande s'il n'a pas eu tort de vouloir venir à Chaudes-Aigues. Personne ne l'y a obligé. Mais cela fait si longtemps qu'il rêve de pêche, une envie qui s'est emparée de lui comme une fièvre maligne ! Il a vu, à la télé, un pêcheur en action. Gros plan de la mouche artificielle se posant sur l'eau avec grâce et soudain le fuseau véloce, entr'aperçu sous la surface, l'insecte happé par deux lèvres grasses, le bouillonnement de la prise et le remous de la bête convulsée... Ah ! Quel coup au cœur ! Et après, la canne tressautant dans la main du pêcheur, la ligne qui se courbe et palpite, le poisson qui éclabousse la rivière en une pluie de gouttes et replonge vers le fond, alors que la voix du pêcheur s'écrie : « Elle n'est pas vilaine ! Autour de trois livres. » C'est cette voix calme, ce sang-froid monstrueux qui ont achevé d'enthousiasmer François. Se peut-il qu'on sache dominer ainsi son émotion ? N'est-ce pas là le point extrême du bonheur, ce délice maîtrisé ? Oh oui ! vite, une canne à mouche, une rivière, et cette pêche qui ne ressemble à aucune autre, qui tient de l'escrime et du guet-apens, en même temps que de la promenade et de la cueillette. Et voilà, pense François. Je suis à pied d'œuvre. Je serais déjà totalement heureux s'il n'y avait pas eu cette vipère.

2

– Non, papa ! Tu me laisses ici. J'aime mieux être seul.

– Bon, bon ! Mais ne fais pas de folies ! Les truites, chez le poissonnier, nous coûteraient moins cher. À tout à l'heure.

L'avocat referme la portière et prend la direction de Saint-Flour. François reste devant le magasin d'articles de pêche. Tout l'attire. Il voudrait tout voir d'un coup d'œil. C'est vrai qu'il aime mieux être seul pour regarder, avec les yeux du désir – et son reflet dans la vitrine est celui de l'émerveillement, de l'immobilité captive –, les moulinets surtout ! Nickelés, pick-up abaissé sur le tambour garni de sa soie verte, la manivelle embrayée... ils sont déjà en action de pêche. Par la pensée, on les manœuvre doucement, et le poisson surpris déclenche le cliquetis du frein, cette musique qui retentit, non pas seulement aux oreilles, mais dans le cœur. François a le plus grand besoin d'un moulinet, tout de suite, pour sentir dans sa main le poids du métal, dense, lourd, comme celui d'un pistolet. Car il ne faut pas s'y tromper, le moulinet est une arme aussi ; capable de cracher quarante mètres de fil derrière le leurre qui darde son hameçon. L'analogie frappe l'esprit du garçon... C'est vraiment pareil... c'est comme un serpent qui se détend et mord le poisson à la gorge. « Je deviens idiot », pense François. Mais il ne peut pas s'empêcher d'être troublé par l'espèce de ressemblance absurde qui... Au fond, c'est à cause de la forme des hameçons tellement semblables à des crochets venimeux.

– Puis-je vous aider ?

M. Masseron, le marchand, a surgi du fond de son magasin, parmi les sacs de grain, les râteliers de cannes de toutes sortes, les balances à écrevisses, les bottes de caoutchouc et les tenues verdâtres de vêtements spécialement conçus pour la pêche, avec des poches partout, et des fermetures Éclair comme des coups de sabre.

Il y a même, suspendus à des patères, des chapeaux d'étoffe piqués de mouches artificielles, car le pêcheur n'a pas le temps, quand la truite l'invite, de choisir à tête reposée, l'éphémère la plus aguichante.

– Avez-vous déjà pêché à la volante ? demande le marchand. C'est par là qu'il faut commencer, avec une ligne courte et des mouches de cuisine. Avant d'apprendre à fouetter, il faut s'entraîner à regarder. Quand une truite gobe un insecte, elle opère délicatement. Elle touche juste du museau. C'est à peine si on a le temps de distinguer, à la surface, un petit rond, comme une goutte de pluie. En revanche, elle reste à son poste. Elle surveille. Et si vous faites tomber votre mouche à proximité, vous êtes sûr qu'elle va sauter dessus, mais en douce, sans se trahir.

– Je comprends ! dit François. Il faut ferrer au vingt-cinquième de seconde !

– Voilà ! approuve le marchand. On va prendre la voiture et descendre jusqu'au Pas de Peyrolles, là où a été tué ce touriste...

– Il y a eu un crime ? interroge aussitôt François, vivement intéressé.

– Oui. Le mois dernier. À la vérité, on ne sait pas ce qui s'est passé. On ne sait même pas à qui on a affaire. Un homme d'une trentaine d'années, vêtu comme un estivant d'un pantalon léger et d'une chemisette, chaussé d'espadrilles...

– Un pêcheur ?

– Oh ! non ! Ce qui a fait penser à un touriste, c'est qu'il avait, suspendues à son cou, de fortes jumelles. Pour observer quoi ? Et pas un papier ! D'où venait-il ? On l'ignore. Pas de voiture abandonnée, ni de moto. Inscrit nulle part, ni dans un hôtel, ni dans un gîte rural. Les gendarmes enquêtent toujours et n'ont rien trouvé. Si, pourtant. Un détail curieux. L'homme portait à la nuque une blessure sérieuse, comme s'il avait été assommé, par exemple avec un gourdin. Mais je vous vois tout excité. Ça vous passionne ce genre d'histoire ?

– Oh ! oui ! J'adore les mystères.

– Eh bien, vous êtes servi ! Fernande, tu tiens le magasin. Je m'absente une heure. J'emmène M. Robion jusqu'à l'Alagnon.

– Bonne promenade ! crie une voix féminine.

Ils s'installent dans la vieille camionnette, après avoir repoussé des cuissardes, un panier et un petit fagot de cannes à pêche.

– Faites pas attention ! dit Masseron. C'est mon matériel habituel.

– Je repense à votre bonhomme, reprend François. Qu'est-ce qu'il pouvait bien observer ? Il n'y avait qu'à se servir de ses jumelles et à les braquer dans la direction qu'il avait choisie !

Masseron ne peut s'empêcher de rire.

– Vous êtes un vrai professionnel, dites donc ! Mais les gendarmes connaissent aussi leur métier. Et vous savez ce qu'ils ont vu ? Le clocher du bourg, la girouette de la maison Malègues et, plus bas, le mur du cimetière. Ce n'était sûrement pas ça que le mort observait. Et il y a mieux : il n'a pas entendu venir celui qui l'a frappé.

– Il aurait dû ?

– Oui. Il se tenait sur le terrain qui va vers l'abreuvoir. C'est plein de petits cailloux qui roulent sous le pied. Je vais vous montrer. L'endroit est commode parce qu'il est bien dégagé ! Les rives boisées sont mortelles pour les bas de ligne. Et puis, ce sont aussi des repaires pour les sales bêtes. À ce propos, je vous conseille d'acheter des chaussures à tiges, la demi-botte de caoutchouc, c'est ce qu'il y a de mieux. Vous comprenez pourquoi !

Oh, oui ! François comprend parfaitement et il aime mieux laisser tomber ce sujet et parler du mort.

– Dans ses poches, on n'a rien trouvé ?

– Non, un paquet de Gauloises et un briquet, plus un mouchoir sans initiales !

– Mais comment est-il venu ? Par le train ? Par le car ? En stop ? À pied ?

– Justement ! On cherche.

– Il avait sans doute rendez-vous avec quelqu'un ?

Masseron hausse les épaules.

– Peut-être ! On peut imaginer n'importe quoi ! La presse a publié un portrait-robot. Pour des prunes ! Résultat zéro. Bah ! Laissons tomber. On n'est pas ici pour jouer au détective. Voilà l'Alagnon !

François a de la peine à dissimuler sa déception. Il s'attendait à découvrir une vraie rivière... petite sans doute, vaguement torrentueuse, avec des remous, un courant vif, et le bruit de l'eau bousculée parmi de grosses pierres. Il voit une nappe si peu profonde qu'on dénombre les cailloux au fond. À peine si un peu d'écume défile lentement, au milieu, s'attarde ici, coule un peu plus vite là-bas, entre les branches noyées d'un arbre mort et sans les gargouillis, les brefs éclats, la gaieté d'un ruisseau en voyage. Le marchand plaide :

– L'eau commence à manquer, dit-il. Un peu plus haut, il y a des endroits où on peut passer à pied. Mais au printemps, vous verriez ces coins de pêche. Venez. C'est là, à deux pas du radier que le corps a été découvert.

– C'est quoi, le radier ?

C'est cette sorte de partie plate et bien dégagée que fait l'Alagnon. Nous autres, pêcheurs à la mouche, nous avons notre langage particulier, comme les sportifs en général. Vous apprendrez vite.

Ce disant, il commence à montrer sa canne.

– Ah ! maintenant, ma mouche.

Il ouvre une boîte métallique.

– Tout ça ! s'écrie François. Vous permettez que j'en prenne une.

Il attrape un gros insecte et le met sur le dos de sa main. C'est tout ce qu'on veut, sauf une mouche. L'hameçon est dissimulé dans une sorte de petit cocon de fil noir et le corps est constitué de barbes de plume qui forment une collerette hérissée.

– Et regardez bien maintenant, dit Masseron.

Il souffle et tous ces poils se mettent à trembler, à vibrer. La mouche artificielle se soulève, elle est vivante.

– Mais, se renseigne François, où trouve-t-on ces barbes si fines ?

– Ce sont des plumes de camail. Le camail, vous le savez, est le cou du coq, mais pas de n'importe quel coq. Il faut qu'il soit d'une couleur spéciale, rouge bronze, avoir une touche d'écarlate et un reflet doré. Ce sont les ailes de l'insecte... mais pas des ailes au repos ! Au contraire, des ailes qui frémissent, comme si la mouche se débattait. C'est pour obtenir cet effet de noyade qu'il est difficile de lancer. Si vous fouettez, la mouche se désintègre en l'air. Mais si vous ne lui imprimez pas un semblant de vie, elle reste bêtement à la surface comme une mouche de farce et attrape. Ça fait bien rigoler le poisson, car, à la façon dont il saute et s'amuse, on voit bien qu'il se moque du pêcheur.

– Je n'y arriverai jamais !

– Oh, si ! C'est un coup à saisir, et puis au début, vous n'avez pas besoin de lancer loin. Les professionnels tirent jusqu'à 45,50 mètres. Mais, ils emploient des cannes spéciales, faites à leur mesure. J'ai choisi pour vous une Pozon-Michel d'un mètre quatre-vingts. Vous allez être épaté. Prenez ! Pour commencer, on se choisit un objet à atteindre... Qu'est-ce que vous regardez comme ça ?

François hésite. Il n'avouerait jamais que toutes ces explications l'ennuient un peu. Il est gentil, ce commerçant, mais il en fait trop... Et puis avoir choisi l'endroit où le pauvre type a été assassiné !... Ce n'est pas que cet endroit ne soit pas intéressant, au contraire ! On voudrait l'étudier de près, tranquillement, sans avoir sur le dos ce professeur de canne à mouche qui va, qui vient, qui parle sans arrêt :

– Vous êtes prêt ?

– Attendez ! dit François. D'abord vous. Mettez-vous en action de pêche. Après, j'essaierai de vous imiter.

– D'accord. Écartez-vous un peu.

François s'éloigne de quelques pas. Il est enfin libre, bien qu'à la dérobée, d'étudier le terrain du drame. Des cailloux, de la boue cuite comme de l'argile.

– Surveillez mon bras ! crie Masseron.

Mais ce n'est pas le bras du pêcheur que François observe. C'est le fond du tableau, la haie qui coupe l'horizon, les trois vaches qui ruminent à l'ombre et les dernières maisons du bourg, le clocher avec sa girouette, l'un des bus-ateliers de l'entreprise Malègues et le mur du cimetière.

Voilà ce que le mort étudiait avec tellement d'attention qu'il n'a pas entendu approcher son agresseur.

Masseron a oublié le garçon. Il est tout à sa passion. Et François, de son côté, est plongé dans ses réflexions. A-t-on interrogé le Gustou ?

Quand Masseron revient vers lui, il lui pose la question. Masseron cache assez mal qu'il est vexé ! Se donner tant de peine pour dégrossir un jeune homme qui n'est même pas encore un client : c'est trop bête !

– Oui, bien sûr, dit-il avec une pointe de rancune. Mais on ne peut rien tirer de Gustou. Il ne sait que grogner. Et puis, le Gustou, ce n'est pas quelqu'un dont on aime s'approcher. Quand vous pensez qu'il abrite, entre chemise et peau, des couleuvres apprivoisées...

– Ah, s'écrie François, écœuré, c'est dégoûtant. Et il ne se fait pas mordre ?

– Non. les couleuvres ne sont ni méchantes, ni venimeuses. Mais je suis comme vous. J'aime mieux m'en tenir loin. Seulement, je dois reconnaître que Gustou n'a pas son pareil pour mettre les bêtes en confiance. Prenez les vipères... eh bien, avec lui, elles ne se rebiffent pas. Il leur dit des choses dans son langage. Il avance la main. Et hop ! Il les coince au cou et dans le sac ! La mairie lui donne dix francs par tête de vipère.

– Et il en capture beaucoup ?

– En ce moment, vous pensez ! Il n'a qu'à se baisser ! Les grosses, il les chope avec une grande pince en bois, vous savez, comme une pince à saisir les cornichons. Je l'ai vu opérer. C'est extraordinaire. Et pour en revenir à nos truites, il pêche à la mouche comme un romanichel. C'est un don. Il a une vieille canne, un vieux moulinet, il est obligé de mettre des lunettes et il vous place une mouche à vingt mètres dans un rond pas plus large que la main. Moi qui suis du pays, je n'attrape que des truitelles que je suis obligé de rejeter. Lui, il vous ferre sous le nez, des « mémères » de deux ou trois livres !

– Vous l'admirez ?

– Oh non ! Il me ferait plutôt peur. Mais on a pitié. Comme dit ma femme : il a traversé l'enfer. Allez, petit. On remet ça. La canne solidement tenue dans la main droite, une bonne petite longueur de fil dans la main gauche et tac ! Le smash ! Laissez aller le fil. Repos. Soufflez ! Croyez-moi, c'est un sport. Et je trouve que vous avez des dispositions. Venez.

Ils suivent le bord de l'eau. Là, la rivière fait entendre un petit murmure de torrent épuisé. Masseron tend le doigt.

– Vous avez vu ?... Juste derrière la grosse pierre, il vient d'y avoir un gobage. Il y en a une, là !

– Qu'est-ce qui bouge, au pied de la berge ? dit François, d'une voix pas trop ferme.

– Un rat, sans doute. Oui, je l'aperçois qui trotte, d'un trou à l'autre. La berge est comme du gruyère.

François se tait, mais il marche avec de plus en plus de circonspection. Décidément, la pêche, dont il se promettait tant de joie, est bien décevante. Et même un peu redoutable. Masseron avance sans précaution. Il explique :

– Il vaut mieux faire du bruit. Les serpents sont sensibles aux vibrations. La plupart du temps, ils se cachent. Si, par hasard, vous entendez près de vous un froissement de feuilles, quelque chose qui glisse, ne vous arrêtez pas. Continuez. Si vous vous immobilisiez, la bête se mettrait en défense.

François prend note mais trouve que cette promenade initiatique commence à durer un peu trop.

– Évidemment, continue Masseron qui n'y voit pas malice, vous êtes un petit Parisien, habitué à fouler l'asphalte. Alors, ici, tout vous surprend. Mais vous vous y ferez vite. C'est vrai qu'en ce moment, ce n'est pas la saison rêvée pour découvrir les plaisirs de la campagne. Mais vous allez voir la Truyère. D'un coup d'auto, on va y être dans dix minutes. Et là, vous aurez devant les yeux l'un des plus beaux panoramas de l'Auvergne. François se retient de répondre : « Je connais. Je suis déjà venu par là [1]. » Mais il n'a pas envie de causer. Il surveille ses pieds. Non pas qu'il ait vraiment peur ! C'est plutôt, ce qu'il ressent, une tension fatigante, comme si chacun de ses muscles en freinait un autre, si bien qu'on a l'impression de marcher à tâtons. Il a hâte d'être chaussé de bottes en caoutchouc. Il se moque de la Truyère. Il a envie de retrouver sa chambre et de feuilleter à loisir les deux livres que son père lui a achetés, deux beaux albums entièrement consacrés à la pêche. La plus belle pêche pour François, c'est encore celle qu'on apprend à connaître tranquillement, à l'abri des mauvaises surprises. Il s'assied dans l'auto.

– Vous ne dites rien, questionne Masseron. Vous êtes fatigué ?

– La chaleur, répond François.

On roule sur un chemin de terre défoncé.

– Vous ne me croiriez pas, continue Masseron, mais les plus grosses se tiennent dans l'Alagnon parce

1. Voir *Dans la gueule du loup.*

que c'est là que se noient les insectes les plus succulents : les criquets, les bourdons ; quand on sait les enfiler, on est sûr du résultat.

– Vivants ?

– Quoi, vivants ?

– Les criquets !

– Bien sûr. Vous savez, à la pêche il ne faut pas être trop délicat.

« C'est bien ma veine, pense François. Moi qui croyais qu'à la mouche artificielle, justement, on n'avait pas besoin de tripoter des larves. »

– Accrochez-vous ! crie Masseron.

Il donne un violent coup de volant et sa camionnette cahote, bringuebale sur les ornières.

– On l'a eue, celle-là ! s'écrie Masseron. Vous n'avez pas eu le temps de la repérer, je parie !

– Quoi donc ?

– La vipère, pardi. En plein milieu du chemin. Je l'ai écrasée aussi sec.

Il stoppe et saute à terre.

– Venez ! Venez ! je ne l'ai pas loupée. En voilà une que le Gustou n'attrapera pas.

François se penche, mais ne voit rien du tout. De confiance, il approuve.

– Oui, oui, je la vois.

– Mais non ! vous êtes trop loin. Elle est morte, vous savez ! Elle ne vous mordra pas !

« Bon ! Il faut y aller, pour ne pas contrarier le brave homme. » François met pied à terre, s'approche avec méfiance. La bête se tortille encore un peu et déjà les fourmis accourent.

– C'est un aspic, précise Masseron, ou plutôt non ! une vipère péliade.

Du bout de l'index, il dégage la tête qui s'est cachée sous un repli du corps.

– Vous remarquez, précise-t-il, la forme caractéristique de la bête, sa couleur brune, ses taches. Il n'y a pas longtemps qu'elle a mangé : elle est encore enflée. C'est pour ça qu'elle n'a pas eu le temps de s'enfuir.

François se sent pâlir. Il s'appuie au capot. Mais Masseron, tout à son examen, ne remarque rien. Il ajoute, avec bonhomie :

– Si on l'ouvrait, on trouverait dans son estomac, un beau mulot tout neuf. Parce qu'il faut vous dire, ces bêtes-là ne mâchent pas leur proie. Elles les avalent, gloup, gloup... Eh là ! mon bonhomme, ce n'est pas le moment de tourner de l'œil.

– Ce n'est rien ! balbutie François.

– Il vaut peut-être mieux que nous rentrions ? propose Masseron.

– Oui. Rentrons. Je suis désolé de gâcher ainsi votre après-midi...

– Ça ne fait rien. Nous reviendrons demain matin. Mais avant...

Il donne un grand coup de talon sur la tête du reptile.

– Voilà comment il faut les traiter, dit-il. Si vous en rencontrez une, n'hésitez pas. Écrasez-la. C'est le meilleur moyen de ne plus avoir peur.

François a repris des couleurs. Quand il quitte Masseron, il est prêt à se moquer de sa faiblesse et, bravement, il lui promet d'acheter tout le matériel de la pêche à la mouche. Mais il n'est pas fâché de retrouver son lit, de s'allonger, de fermer les yeux et de ne plus penser à rien.

Il est épuisé.

3

François est tiraillé par des impulsions contraires. Il reste planté au carrefour du désir, attiré par l'envie de posséder une superbe canne à mouche en bambou refendu, comme le grand Duborgel, le champion des lanceurs, et non moins sollicité par le démon de l'enquête, le mystère du mort de la petite crique demeurant aussi impénétrable. Mais il fait trop chaud pour trancher. La pêche, oui, bien sûr, c'est terriblement tentant, mais il faut suivre des sentiers d'aspect peu engageant, et, après tout, on tire de la lecture des manuels spécialisés presque autant de satisfaction que d'une sortie au bord de l'eau.

Quant à l'enquête, pour qui ne dispose que de quelques journaux et revues, elle conduit bien vite l'imagination à des hypothèses tellement saugrenues qu'il est préférable de penser à autre chose, et, par exemple, de faire défiler, par jeu, paupières closes, les personnages de cette étrange petite ville assiégée par les mulots.

C'est le matin, au réveil, que François les voit le mieux. Le Gustou... Il a l'allure d'un parfait clochard vêtu, malgré la saison, d'une espèce de redingote attachée devant par des ficelles, et d'un pantalon très « mode », avec une jambe verte et une bleue, ornée d'empiècements jaunes. Sur la tête, une casquette à longue visière, comme un chauffeur de poids lourd. Aux pieds, des brodequins sans lacets. Et, en bandoulière, deux sacs, l'un pour la bouteille, l'autre pour... François aime mieux ne pas savoir. Les passants n'oublient jamais de lui lancer : « Salut, Gustou. » Est-ce par amitié ou pour se prémunir contre le mauvais sort ? Les deux, sans doute, car Gustou est certainement un peu sorcier pour avoir survécu au peloton d'exécution. Mais il y a autre chose : il est le « survivant », celui qui s'est battu contre les Allemands quand le maquis de Ruynes a été anéanti. Il a vu. Il était à côté de Meyniel, tiraillant avec une mitraillette de quat'sous contre les lance-flammes. Il avait vingt ans. Pas étonnant que sa mémoire soit restée bloquée sur les dernières images du massacre et ne s'ajuste plus à la réalité. On l'évite mais on le respecte.

S'il a fait de sa ferme, qui sent encore le brûlé, une espèce de bunker à demi écroulé, c'est son affaire. Et on est bien heureux de lui dire : « Gustou, je voudrais une jolie friture de truites », ou bien : « Gustou, j'ai besoin d'un plat de cèpes », ou même, quelquefois : « Gustou, il me faudrait des truffes. » Comment s'y prend-il ? Toujours est-il qu'on reçoit, le lendemain, une douzaine de truites saumonées, un panier de cèpes, quatre truffes, le tout sans un mot. Il se contente d'indiquer sur ses doigts la somme qui lui paraît la plus juste. Et pendant cette palabre à demi muette, il n'est pas rare de voir surgir avec lenteur du foulard qu'il porte été comme hiver autour du cou, une tête câline qui vient lui chatouiller l'oreille d'une langue fourchue. On recule précipitamment, et on a l'impression que ce mouvement de panique l'amuse beaucoup, bien qu'il ne sourie jamais.

Les autres ne sont pas mal non plus. Le vieux

Malègues, le seul qu'on voit quelquefois en compagnie de Gustou. Il se donne des airs de châtelain bon enfant. Tweed anglais, culotte de cheval, bottes, feutre négligemment penché, moustache blanche coupée court et pipe à la Sherlock Holmes. Toujours ganté, naturellement. Et à la main une canne de compagnie dont la poignée forme siège. Il salue tout le monde en soulevant sa canne. Il est riche. Il a son nom sur ses camions. « Entreprise Malègues. » Mais personne n'ignore, dans le pays, qu'il a passé la main à Joseph, son fils unique, un petit pète-sec à silhouette de pion qui traverse la vie, baissant la tête, ne saluant personne, toujours pressé, et, selon l'histoire locale, plus radin qu'un paysan auvergnat. Et c'est lui, le maigre, l'étriqué, qui est avec rage pour l'écologie, pour la vie, pour l'amour de la nature alors que son cousin Villadieu, le maire, gros homme débonnaire et familier, se bat pour l'ordre, la sélection, le respect des traditions.

Mais, sans aller plus loin, Masseron, le marchand d'articles de pêche, est lui aussi un vrai personnage de roman. François a étudié *César Birotteau* en classe. Ce modèle de commerçant honnête, scrupuleux, travailleur, vaniteux, c'est Masseron, avec en plus, le désir de vendre à tout prix. Il a assiégé M. Robion dès qu'il a su que François désirait s'initier au lancer de la mouche. Et maintenant, il ne lâche plus le garçon. Ou bien, il s'arrange pour se trouver sur son chemin, ou bien il dépose, au café, des catalogues à son intention et ainsi, pièce après pièce, il réussit à lui vendre un équipement superbe mais coûteux ; « Trop solide n'a jamais manqué ! », dit-il, en lui mettant sous les yeux une épuisette télescopique à trois rallonges. Ou bien, « Le bon marché finit toujours par coûter cher », et cette fois, c'est un moulinet automatique à deux vitesses qui change de main.

François ne songe même plus à se défendre. Son père lui a ouvert, chez Masseron, un crédit illimité et il n'a pas le temps, trop pris par ses recherches, de vérifier s'il n'y a pas quelque faiblesse chez cet étrange petit pêcheur qui est équipé jusqu'aux dents mais qui marque une incompréhensible répugnance à s'attarder sur les rives de l'Alagnon ou de la Truyère. « On est en train de faire de lui un fameux lanceur », dit Masseron avec aplomb, et c'est vrai que François, devant l'armoire à glace, travaille dur son coup de poignet, au risque de balayer au passage le maigre plafonnier de la chambre. Il fait même des progrès mais, quand Masseron veut l'entraîner jusqu'à la rivière, il s'invente des excuses dont il rougit. « Capon, pense-t-il, trouillard, tu as peur, avoue-le ! » Seulement voilà, dès qu'il marche dans les herbes de la rive, il sursaute, il a brusquement envie de se figer sur place, d'attendre que le reptile s'éloigne, ou bien au contraire de foncer, de courir droit devant jusqu'à l'endroit où le chemin est bien dégagé ! C'est idiot ! C'est minable ! C'est à pleurer ! Surtout que ce diable d'homme qui marche sans s'occuper de rien, lance, par-dessus son épaule : « Ça va ? Pas trop fatigué ? » Alors il faut répondre quelque chose :

– Voilà. J'arrive ! C'est simplement que je ne me suis pas habitué à mes souliers.

On finit par choisir une petite prairie qui descend vers l'eau. Masseron monte la ligne de François, jette un coup d'œil circulaire sur les buissons voisins, sur le petit courant qui murmure, sur le ciel où l'été flamboie plus que jamais. Il s'adresse enfin à François :

– Tu es une truite. Bien se mettre ça dans la tête. Tu es une truite. As-tu faim ? Hein ? Non, tu n'as pas faim. Tu as chaud. La chaleur te fatigue. Alors ? Quelle mouche choisir ? La plus petite forcément.

Histoire de jouer un peu avec elle, de la mordiller, de l'agacer. Celle-ci, tiens ! Une toute noire, avec de grandes pattes maigres.

– Mais comment pouvez-vous savoir ?

Masseron renifle, flaire l'odeur de l'herbe, de l'eau.

– Ça se sent ! dit-il. Dès que tu te mets dans la peau de la bête, humph ! Tu es renseigné.

En action de pêche, Masseron tutoie souvent. Il devient autoritaire, tatillon ; par moments, il bougonne, il jure. Il se penche en avant. Il est l'Iroquois sur le sentier de la guerre. Il parle tout bas : « Je l'aurai... C'est un bébé ! Ça ne valait pas le coup ! Mais il faudrait quand même voir à ne pas se payer ma fiole. »

Puis il redevient le commerçant un peu servile :

– Essayez vous-même, François. Elle est à vous, je le sens.

Mais celle-là, elle n'est à personne. Elle moucheronne gaiement. Elle a raison de se moquer de ce grand imbécile empêtré dans son outillage perfectionné, et qui se répète bêtement : « Je suis une truite », en fouettant l'air d'un bambou impuissant.

– Il y a quelque chose qui ne va pas ? demande plus tard M. Robion. Je sais bien qu'ici les distractions sont rares et avec cette chaleur... Mais enfin, c'est toi qui as voulu venir et je n'ai pas le temps de m'occuper de toi. Mon enquête me donne assez de mal.

François saute sur l'occasion :

– Où en est-elle ? Tu peux me le dire ! Et puis quoi ! C'est du passé, tout ça.

– Oh ! Ne crois pas cela ! C'est du vivant, au contraire. Et quand on gratte, ça fait mal.

M. Robion observe la salle à manger où les curistes déjeunent sagement. Personne ne prête l'oreille et cependant il poursuit à voix basse :

– Je suis presque sûr que le petit groupe qui se cachait dans la ferme de Gustou a été dénoncé. Et l'auteur de cette dénonciation vit ici. Qui est-ce ? Je l'ignore. Mais tous les renseignements que j'ai réunis me le confirment et, tu vois, j'aurais peut-être mieux fait de rester tranquille. Seulement, savoir qu'il y a un traître parmi les gens que nous saluons chaque jour, cela me rend malade. Si seulement ce malheureux Gustou pouvait parler. Car lui, il la connaît la vérité. J'en mettrais ma main au feu ! Sers-toi mieux que ça. Tu ne manges pas. Il est vrai que si tu devais te nourrir de ta pêche, tu ferais carême tous les jours ! Pourtant, ton professeur te trouve des dispositions.

– Oh, il est très gentil, mais c'est la saison qui ne s'y prête pas. Il hésite puis il ose :

– Tu es sûr que je ne pourrais pas t'aider ?

– Non, n'insiste pas !

– Je pourrais surveiller le Gustou puisque tu dis qu'il sait des choses.

– Non. Ce n'est pas ton affaire, tranche l'avocat.

Il réfléchit et reprend :

– Si tu y tiens absolument, tu pourrais peut-être le suivre, mais rien de plus. De loin. Et pas longtemps. Savoir qui il rencontre. Oui, ça, ça m'aiderait. Voilà un personnage dont on ne sait pratiquement rien. Il va. Il vient. Il pêche. Il chasse. Mais il n'est pas toujours seul. Il voit des gens. Moi, j'ai bien l'impression que c'est la partie de sa vie qu'on ignore qui est la plus intéressante. Dans huit jours, ce sera la date anniversaire du massacre de Ruynes. Le passé, pour plus d'un, va resurgir.

– Compris ! dit François. Tu penses que dans sa pauvre tête il va se passer des choses. On nous a raconté que pour lui, la guerre continue.

– C'est ça, hélas ! A mon avis, cet anniversaire

devrait déclencher un événement, une démarche, une initiative qui se renouvelle tous les ans mais que personne n'a remarquée !

François se tait.

– Eh bien, François ? Oui ? Non ? Tu fais ce que tu veux.

Il roule pensivement une boulette de mie de pain, et continue :

– Ce que je n'arrive pas à reconstituer, c'est la dernière matinée avant l'assaut. Ils n'étaient plus que cinq, cachés dans la ferme. Mais la veille encore, ils étaient beaucoup plus nombreux, treize ou quatorze. Pourquoi se sont-ils séparés ? Il y avait des aviateurs, des jeunes poursuivis par la milice, des israélites qui avaient l'intention de gagner l'Espagne, et puis des résistants, des femmes aussi, au moins trois. Et tout ce monde a disparu. C'est tout juste si l'on connaît leurs noms : pour Yvette Chazeau, vingt-quatre ans, j'en suis sûr. Pour Arlette Foucher aussi. Mais pour Madeleine Chapuis, il y a un doute. Si j'avais devant moi des semaines de loisir, j'arriverais sans doute à mettre bout à bout des faits précis, mais il ne nous reste qu'une quinzaine.

– Eh bien, dit François, je vais essayer.

C'est à partir de ce moment-là que commence son chemin de bravoure.

Sortir du bourg, prendre le chemin de la carrière, dépasser l'établissement thermal, rien de plus facile. La canne repose en deux éléments dans son étui, ou bien il la balance à bout de bras d'un air dégagé. En bandoulière, il y a le panier, qui contient le moulinet et la boîte à mouches, un chiffon propre, et deux ou trois accessoires dont un dégorgeoir qui, plaise au ciel, ne servira sans doute jamais. À la ceinture, bien entendu, l'épuisette qui bat sur la cuisse comme une épée. Et, plus bas, les bottes dont la tigre protège les chevilles, là où frappent les bêtes. Mais pourquoi penser aux bêtes. Si, pourtant. Car il n'y a plus de sérum chez le pharmacien. Rupture de stock. « Tout le monde en réclame », s'excuse Villadieu. François a beau marcher sur un air entraînant, pour se donner du courage, il est bien obligé de reconnaître que ce matin même, en allant chercher sa balle qui avait roulé au pied du bûcher, la petite Gisèle Mauvoisin a été mordue. Et le bûcher était à deux pas de la cuisine ! Alors...

Après les thermes, on bifurque vers l'Alagnon. Ça peut encore aller parce que le soleil a brûlé l'herbe. On voit sur quoi on marche. C'est après que tout se gâte, parce que le sol est tout craquelé, tout fendillé, et certaines fêlures ressemblent à s'y méprendre à des reptiles allongés. Mais il faut bien suivre ce petit sentier qui conduit en direction de l'ancienne ferme de Gustou. Comme personne ne surveille François, il peut se permettre d'avancer, avec précaution, coup d'œil à gauche, coup d'œil à droite, hauts les pieds et puis, tant pis si on le voit, il se cueille une badine bien souple, dans une haie, ce qui lui permettrait, en cas de besoin, de fouetter sèchement et l'on sait que les vipères sont fragiles. Mais aucun bruit suspect ne vient l'alerter.

Il atteint la passerelle qui enjambe un petit bras de l'Alagnon et le voilà tout près de ce qui fut une ferme. La végétation a rendu aux murs écroulés une sorte de jeunesse affreusement mélancolique. Il s'arrête, écoute. Il entend un claquement régulier qui provient de ce qui fut, sans doute, une cour intérieure. Quelqu'un est en train, semble-t-il, de manier un sécateur. C'est forcément le Gustou, car il vit seul, replié dans sa tanière.

Pour entrer dans ce qui était autrefois un jardin ou peut-être un hangar – comment savoir où l'on est parmi les pierres écroulées – il n'y a plus ni portes ni fenêtres, ni allées ni vestiges d'aucune sorte, mais des pans de murs et des arbres morts ; il faut écarter des feuillages et des branches, en dérangeant des guêpes et en provoquant des fuites rapides... alertes... Ce qui vient de filer, tout près, dans l'espèce de ténèbre de sous-bois qui protège, comme un rempart, la première enceinte de taillis et de fourrés, c'était une queue, en tout cas quelque chose d'allongé et de verdâtre, un mouvement plutôt qu'une forme... Folie de se risquer dans un endroit pareil, où la chaleur est étouffante.

François n'hésite pas, il pose à terre sa canne et son panier, qui s'accrochaient partout, et, se tenant prêt à abattre sa badine, il fait deux pas, trois pas, sursaute.

Cette fois, il voit la chose, la bête, l'animal, et si ce n'est pas un serpent, c'est quand même tellement voisin qu'on est en droit de se mettre en garde, prêt à frapper. C'est un gros lézard vert ; ça ressemble à ces monstres de la préhistoire, aux puissantes pattes torses, au dos hérissé d'écailles triangulaires... un dinosaure en petit ! Mais François déteste se raconter des histoires. Il pense aussitôt que puisque c'est muni de pattes, c'est fréquentable. On peut continuer d'avancer, et il avance, avec précaution, dans ce qui fut probablement un potager.

Il reste, d'une sorte de temps légendaire, d'énormes citrouilles à demi dévorées par les loches et les débris de verre d'une serre. Le claquement du sécateur est plus net, plus sec. Le Gustou doit être de l'autre côté de la maison, là où les partisans ont été fusillés. Il serait suffisant de se trouver une cachette et d'y attendre la prochaine sortie de l'individu. Mais ce bruit de sécateur excite la curiosité du garçon. Qu'est-ce qu'il peut bien fabriquer ? D'abord, il ne s'agit peut-être pas d'un sécateur, mais d'une pince à couper du fil de fer. Gustou est bien homme à tendre des collets, à construire des pièges. Peut-être pour capturer des rats. Il faut bien qu'il nourrisse ses serpents. L'image d'un rat se débattant dans l'étreinte d'une couleuvre l'emplit de dégoût ! Quelle horreur ! Il en aurait presque de l'estime pour les vipères qui se contentent de piquer et d'attendre.

Il traverse ce terrain en friche, sans bruit. Au fait, si Gustou le surprenait, qu'est-ce qu'il ferait ? Il cognerait ? Il avertirait le garde de Chaudes-Aigues ? Le bonhomme lancerait-il contre lui une couleuvre apprivoisée, comme on lance un chien de garde. « Attaque !... » Cette fois, François ne peut s'empêcher de rire, gaieté et terreur mélangées ! Mais il observe, en même temps, la maison avec méfiance. Ce n'est plus, en vérité, qu'une ruine ; l'incendie a dévoré le premier étage, ne laissant subsister que deux poutres à demi calcinées. Le rez-de-chaussée a été grossièrement réparé avec du carton, des planches, du plastique. Cela tient de la bauge, du terrier, du souterrain, de la galerie de mine, et pourtant on a l'impression de découvrir une retraite sûre et confortable. À droite d'une resserre qui a perdu sa porte, il est possible de se cacher derrière un empilement de cages à lapins vides, en déplaçant une espèce de petite charrette formée d'une caisse en bois et de deux roues de bicyclette.

S'enhardissant, François se blottit pour voir. Il tient à l'aise dans ce poste de guet. Il peut même, en essuyant un carreau miraculeusement épargné, dégager une lucarne qui donne sur la façade principale. Et alors, il voit Gustou, et Gustou, armé d'un sécateur, tourne autour d'un superbe rosier amoureusement épanoui autour de la porte d'entrée. Avec un grand effort de réflexion, il coupe des roses dont il fait un bouquet.

4

Ils sont sur la route du cimetière, le Gustou avec son bouquet, François avec son attirail de pêcheur, récupéré sans bruit. Une cinquantaine de mètres les séparent, mais Gustou n'a jamais fait attention à ce jeune homme qui semble pourtant s'appliquer à ne pas le rattraper. Il va, tête baissée, le bouquet serré sur sa poitrine, comme si on lui avait recommandé de prendre bien soin de ces fleurs.

Le cimetière est à l'entrée nord du bourg ; des immeubles neufs commencent à l'entourer. En temps normal, on voit pas mal de monde par ici, boutiques de fleuristes, cortèges funèbres, petits attroupements autour du café Malterre, mais la chaleur a vidé l'esplanade où, d'habitude, on cause comme à la sortie de la messe. Personne ne dit bonjour au Gustou. Personne ne remarque François. Et pourtant, François est sensible à la bizarrerie de cette scène : une sorte de clochard portant une magnifique gerbe de roses et suivi d'un jeune pêcheur qui semble chercher, parmi les tombes, un endroit poissonneux.

Le Gustou, sans hésiter, suit une allée, une autre, tourne ici, choisit ailleurs un étroit passage entre deux monuments clos par des grilles. On se trouve bientôt dans un secteur très ancien du cimetière. Les tombes sont négligées pour la plupart, rongées par la rouille du temps ; les inscriptions s'usent. Une herbe roussie cerne les dalles. Le Gustou va toujours du même pas, sans rien regarder, comme s'il s'acquittait d'une commission ennuyeuse. Il a forcément entendu le bruit des gros souliers de François. Mais ça ne l'intéresse pas. On dirait qu'il se sait attendu, et qu'il se préoccupe surtout d'être exact. Soudain, il s'arrête, François se dissimule aussitôt à l'angle d'une chapelle. Il ne perd aucun des mouvements de Gustou. Celui-ci reste immobile au pied d'une dalle. Il prie ? Il médite ? Il se recueille ? Non. Il tient ses roses devant son visage, comme s'il en goûtait une dernière fois le parfum. Et puis, il les éparpille sur la pierre, et c'est fini. Il fait demi-tour.

François ne comprend pas. Quoi ! Se donner tant de peine pour choisir les fleurs les plus belles, et tout ça pour venir les lancer une à une, sans même se baisser, comme du haut d'un balcon ! Ce n'est pas un geste d'amour. Plutôt une sorte de rite, comme si, à une certaine date, il était impérieux d'accomplir une cérémonie à la signification oubliée. En somme, l'équivalent d'une carte postale. « Bon souvenir », « Bon anniversaire ». François sursaute. Pardi oui ! Il y a au moins quarante ans que le Gustou est tombé sous les balles. Il se rappelle quelque chose. Il y a, dans sa mémoire embrumée, un mystérieux rapport entre ces roses et l'ancien drame. Mais quoi ? Qui saura lever le voile ?

François s'approche, essaie de déchiffrer les mots gravés sur la dalle. « Simone Labatie », ou peut-être « Labadie », ou peut-être « Laborde » ; 12 août 1944. « Priez pour elle. » Il calcule rapidement. Eh oui ! C'était il y a quarante-six ans. Les combats pour réduire le maquis de Ruynes. Simone aurait soixante-six ans ! C'est tellement étrange, cette histoire d'adolescents combattant pour l'honneur, qui est en même temps une histoire de vieux, hors de toute réalité. Comment se représenter Gustou en prisonnier, les mains liées, la chemise ouverte sur une poitrine vigoureuse, le visage fier, alors que ce qu'on voit, ce qui est la vérité d'aujourd'hui, c'est une espèce de vagabond malpropre, au visage mangé par un poil dur, aux cheveux blancs sous la casquette informe, et effeuillant des roses sur une tombe oubliée. Ça ne signifie plus rien. Ou alors, c'est une histoire d'amour entre une ombre et un fou !

Il y a quarante-six ans, c'était aujourd'hui ! Il faisait le même grand soleil ! Et des soldats semblables à des moissonneurs fauchaient à bout portant, en conscience, la poignée de survivants, et cette Simone à côté du Gustou. Ils se tenaient peut-être par la main ! Ils sont tombés ensemble. François ne parvient plus à s'éloigner. Il a entendu bien des fois le récit du drame. C'est la première fois qu'il est touché, à cause de cette inscription presque indéchiffrable : « Simone quelque chose. » Tant pis ! Il met un pied sur la pierre, se penche... C'est bien Laborie qu'il faut lire. L'instituteur pourra les renseigner.

Quelque chose bouge parmi l'herbe qui a envahi l'allée. François se replie vivement. Mais il ne se sauve pas. L'émotion qu'il vient d'éprouver en assistant, en pensée, à l'exécution, a épuisé d'un seul coup ses capacités de panique. Et maintenant, il regarde sans broncher le serpent qui, dérangé, cherche avec lenteur une nouvelle place au soleil. Vipère ? Couleuvre ? Ne dit-on pas « fainéant comme une couleuvre » ? À voir la bête s'allonger voluptueusement, puis se regrouper à la recherche de la position la plus reposante pour sa tête, qui doit à la fois guetter et

somnoler, bien sûr, on doit conclure que c'est une couleuvre.

Autant François a eu beau se répéter : « Je suis une truite », sans parvenir à comprendre le poisson pour ainsi dire de l'intérieur, autant cette fois, en dépit d'une terreur pas encore dominée, il peut « sentir » le serpent et jouir avec lui du soleil. C'est à cause de la couleuvre de Gustou ? Il y a entre les deux couleuvres, celle de la tombe et celle de Gustou, une espèce de correspondance mystérieuse, comme si l'une faisait des confidences à l'autre. Chut ! François n'aime pas ce genre d'élucubrations où pourtant il est passé maître. Il préfère, un pied après l'autre, regagner sans bruit l'allée centrale. Ce qu'il rapporte, c'est peut-être un renseignement de grande importance.

L'avocat le félicite.

– Tu vois ! Quand tu as peur, il faut que tu prennes le temps de regarder en face ce qui t'a effrayé ! Avec prudence, d'accord ! Mais aussi avec résolution. Tu ne connaissais rien aux reptiles ! Eh bien, te voilà rassuré.

– Mais cette fille ?

– Quoi, cette fille. Je savais qu'elle avait été tuée, bien sûr. Mais ce que j'ignorais, c'est ce que tu as découvert, l'existence d'un lien sentimental entre elle et Gustou. Il est possible que cela change tout ! Ce que je n'arrive pas à savoir, c'est ce qui a provoqué la séparation du groupe. J'ai eu le temps de bavarder avec le vieux Malègues mais il faudrait des semaines pour entrer dans l'intimité de tous ces personnages. Ce qu'on ne réalise pas, après si longtemps, c'est que le père Malègues était un jeune homme, comme le maire, comme la plupart de leurs amis. Et il y avait entre eux des divergences, des conflits, des querelles, des rivalités. Résister, oui ! Mais il y avait plus d'une façon de résister ! D'après ce que j'ai appris, les uns voulaient se replier sur le Limousin, les autres estimaient que les sabotages étaient plus utiles ; il y avait aussi ceux qui voulaient rejoindre l'Afrique du Nord et enfin ceux qui étaient d'avis d'attendre. Et je comprends mieux, maintenant, ce qui les divisait. Parbleu ! Cette Simone Laborie. Elle était arrivée à Saint-Flour au moment de la débâcle. Elle venait de Lille, où elle était étudiante. On peut facilement imaginer quelles tensions sa seule présence pouvait provoquer. Le vieux Malègues est encore tout ému quand il parle d'elle. Une jolie fille, courageuse, mais sans doute responsable de bien des imprudences. Je me demande si je ne devrais pas laisser dormir tous ces souvenirs.

L'avocat se tait. Devant lui, sur la table encombrée de bouteilles d'eau minérale, un classeur est ouvert, bourré de notes, de photocopies, de croquis, de documents variés.

– Au fond, dit François, pourquoi te donnes-tu tant de mal ?

– Bonne question ! répond son père. Au début, je me faisais de cette enquête un devoir d'amitié.

– Et maintenant ?

– Ah ! maintenant... Je crois que ce devoir d'amitié est devenu un devoir de justice. Si, comme je le crois, le petit maquis du Gustou a été dénoncé, il y a ici quelqu'un qui doit payer. Je cherchais le motif : la peur ? Pour une part, bien sûr ! L'intérêt ? Peut-être. Mais tu me fournis le motif le plus puissant de tous : la jalousie. Reste à savoir quels étaient les deux rivaux qui se disputaient Simone Laborie. Évidemment, le Gustou était l'un d'eux. Mais l'autre ?

– Et les gens que tu as interrogés l'ignorent ?

– Ou ils l'ignorent, ou ils ne se rappellent rien, ou

encore – et je les comprends – ils aiment mieux se taire. Après tout, c'est le secret de Gustou. J'irai examiner cette tombe, ne serait-ce que pour tuer le serpent qui t'a effrayé. Quoique... s'il fallait tuer les serpents qui hantent les cimetières, l'été, on aurait fort à faire ! Les pierres chaudes, la tranquillité, pas de prédateurs aux environs, c'est idéal. Mais enfin j'irai jeter un coup d'œil, car il y a une chose à laquelle tu n'as pas pensé ! C'est que si Gustou a eu l'idée du bouquet, l'autre aussi, le traître, a pu avoir la même. Et il serait intéressant de voir ce que ce second bouquet pourrait nous apprendre.

François secoue la tête.

– Non, non ! Ça m'étonnerait. Voyons, papa ! L'un des deux n'a plus sa tête et l'autre est un vieux chnoque ! Et tu voudrais que leur querelle continue ?

François adore discuter avec son père, le contredire, le surprendre en flagrant délit d'erreur. À ce jeu, il perd presque toujours, faute de posséder cette expérience de la vie que l'avocat lui oppose toujours et qui lui ferme la bouche.

– Tu parles de ce que tu ne connais pas ! dit M. Robion.

Toc ! La voilà la formule commode qui coupe court à tout ! Pourtant, François insiste :

– Des vieux de plus de soixante ans ayant pris le maquis en 1943-1944, dans la région de Ruynes, ça doit pouvoir se compter.

– Mais justement, en voilà la liste, dit M. Robion. Elle est d'autant plus facile à établir qu'ils sont tous plus ou moins décorés. Il y a mille moyens de les repérer. Regarde.

– Quoi ! s'écrie François. Il n'y en a pas plus ?

– Non. Il y en a quarante-deux. Si tu élimines ceux qui ont quitté le pays et ceux qui étaient absents lors de l'attaque allemande, il t'en reste à peine une poignée.

– Alors, c'est facile de les questionner ?

– Non, parce que je ne me sens pas le droit de le faire ! Je ne suis qu'un curiste de passage.

– Tu renonces ?

– Non. Car il y a un autre mystère qui n'est peut-être pas sans rapport avec le premier.

– Raconte !

– Eh bien, voilà. Tout à l'heure, pendant que tu étais chez Masseron à acheter des hameçons triples – tu voudras bien m'expliquer à quoi ça sert – moi, je buvais au bar un gin tonic et j'écoutais. On se rend bien compte que les esprits s'échauffent. Je n'aime pas ça du tout ! Et tu sais ce qui se passe quand les conflits s'aggravent ? Eh bien, les vieilles querelles remontent à la surface ! On se lance à la figure : « Où étiez-vous pendant la guerre ?... Moi, monsieur, je n'ai rien à cacher... », etc. Et n'oublie pas l'inconnu assassiné le mois dernier ! Les gens y pensent. On continue à s'interroger, si bien que l'atmosphère est détestable. J'ai hâte d'en finir avec cette cure qui m'assomme. Vivement qu'on rentre à la maison.

– Et alors ? Qu'est-ce que tu conclus ?

– Je conclus que tous les éléments d'une explosion sont réunis : l'anniversaire des combats de Ruynes, la malheureuse épidémie de bêtes nuisibles, un crime inexpliqué. Bien sûr, ce n'est qu'un mauvais moment à passer, mais c'est quand même bien embêtant. Et toujours pas de pluie ! Et maintenant, vas-tu m'expliquer pourquoi tu as besoin d'hameçons à trois branches ?

– Pour pêcher à la mouche noyée. Après déjeuner, notre voisin veut m'emmener sur la Truyère. Tu es d'accord ?

– Très bien. J'en profiterai pour retourner causer avec le fils Malègues.

La Truyère est un lac artificiel, long de plusieurs kilomètres et qu'une voie ferrée franchit sur le fameux viaduc de Garabit. François connaît bien ce paysage[1] mais c'est la première fois qu'il parcourt ces rives difficiles, escarpées, coupées de plages minuscules que la sécheresse, cependant, a amplifiées et qui offrent au pêcheur à la mouche sèche de confortables espaces. François monte sa ligne, tout seul, choisit une mouche, tout seul, s'approche de l'eau, hésite, calcule son coup. C'est parti !

– Non, non ! observe Masseron. Le fil ne doit pas draguer, ni riper sur la surface. La truite a l'œil. Recommencez.

Et François s'escrime de plus belle et ses lancers sifflent autour de lui sans que la mouche, à bout de course, consente enfin à se poser correctement, avec l'abandon d'un insecte épuisé. Masseron est un professeur féroce. Il critique tout, la position de la main, des pieds... le poignet est trop nerveux, ou pas assez, le corps droit, sapristi ! Et plus de moelleux dans le geste, comme si on démarrait en cognant, pour finir en semant... François en a bien vite assez. Il s'applique très sérieusement, mais se permet aussi de réfléchir. Si vraiment Gustou a été dénoncé, le coupable devait s'être ménagé un alibi. Et le meilleur alibi, c'était celui de la maladie. Être loin, au moment du combat, c'était l'excuse vérifiable et solide. Problème : qui, parmi les résistants, était porté manquant ce jour-là ? Mais comment, après si longtemps, reconstruire l'emploi du temps de chacun ?

– Bravo, François. Voilà un lancer impeccable !

1. Voir *Dans la gueule du loup*.

– Merci.

François vérifie, une fois de plus, qu'il faut laisser le corps agir, sans contrôler ses mouvements. La preuve : il entame un nouveau lancer en surveillant tout à la fois, le poignet, le buste, l'épaule... Et la ligne tombe en touffe sur l'eau. Zut à la fin ! Pourquoi se donner tant de mal !

– Entracte ! dit-il. Je suis éreinté.

– Alors, propose Masseron, faites un peu de mouche noyée. C'est très reposant. Asseyez-vous pendant que je vous prépare une nouvelle ligne.

Ouf ! Qui avait ce jour-là la meilleure raison d'être ailleurs ? François se laisse tomber sur le sable, sans perdre de vue la rivière qui défile avec une certaine langueur de cours d'eau blessé. Il paraît que les aspics nagent bien, quand le courant est faible. François serre les poings et se frappe le front. Est-ce que ça va finir, cette ridicule hantise !

– Voilà ! dit Masseron. Essayez ! Je vous ai mis un hameçon triple.

Le garçon lance sans peine et suit, du bord, la lente dérive de la ligne, poignet en alerte, prêt à ferrer à la moindre touche. C'est facile et cela laisse à l'esprit toute liberté de vagabonder et notamment de penser à une question qui n'a jamais été posée : savoir si, après la guerre, les hostilités ont commencé ou continué entre Malègues et Villadieu !

– Depuis quand habitez-vous Chaudes-Aigues ? demande François.

– Depuis une vingtaine d'années ! dit Masseron.

– Vous ne savez pas en quels termes étaient M. Malègues et M. Villadieu ?

– Oh, si ! Ils étaient à couteaux tirés ! Je me rappelle qu'il y a eu, dans les années 70, une empoignade sévère à propos d'un terrain que la ville a finalement acheté pour en faire un jardin public. Mais Malègues le voulait absolument pour reconstruire son usine.

– Quelle usine ?

– Une usine de boîtes de fromage, vous savez : la Vache qui rit, et les trucs comme ça. C'est d'une matière très légère. Ça flambe comme une allumette. On n'a jamais su qui y avait mis le feu ! Malègues a accusé Villadieu, le procès a duré longtemps, mais c'est Villadieu, retranché dans sa mairie, qui a eu le dernier mot ! Et quand je dis le dernier, c'est vraiment le dernier car, peu de temps après, Villadieu a failli se tuer en auto, du côté de Volvic, par suite d'une rupture de freins. On a parlé de sabotage mais le bonhomme est tellement près de ses sous qu'il roulait encore dans une vieille Renault d'avant-guerre !

Un coup dans tout l'avant-bras : la ligne plie, comme si elle avait accroché un galet du fond ou une branche d'arbre.

– Tirez ! Tirez ! C'est un sacré morceau !

Masseron arrive en courant, l'épuisette braquée.

– Une livre et demie ! annonce-t-il. Doucement. Elle est à vous. Là... Amenez-la devant l'épuisette. Et hop ! À moi, ma belle ! Ah ! dites donc, on a raison de dire : aux innocents les mains pleines !

Elle est là, couchée sur le flanc, palpitante, ouvrant et fermant la bouche comme si elle avait couru. L'horrible petite bête noire est plantée au coin des lèvres.

– À vous de la décrocher, dit Masseron. Ça y est ? Alors, maintenant, il faut la tuer. Eh, bien sûr ! Vous la saisissez aux ouïes et vous lui ramenez la tête en arrière d'un coup sec. Le coup du lapin. Vous voyez. Elle ne bouge plus. Elle n'a pas souffert et elle gardera dans la poêle toute sa saveur !

Les mains de François tremblent. Ce qui vient d'arriver est inoubliable ! Ça fait peur. Ça fait chaud partout. C'est merveilleux et accablant. On se sent fort et misérable ! C'est une passion qui vient d'entrer brutalement dans le sang, dans les muscles, dans tout le corps et pour la vie. Les dangers de l'herbe, des buissons, des pierres chaudes, fini ! On s'en moque. Ce qui nage est tellement plus important que ce qui rampe ! François éprouve une joie telle qu'il n'a plus envie de continuer. C'est assez pour aujourd'hui. Il est courbatu d'émotion. Il a besoin de se retrouver seul. Il le dit à son compagnon qui approuve, car il doit remplacer sa femme au magasin.

– Je sais ce que c'est ! dit-il. La première truite, ça vous coupe les jambes. Maintenant, vous allez vous spécialiser dans la mouche noyée, et là je vous serai très utile. Chacun a sa façon de pêcher ! Moi, c'est la mouche sèche. Mais j'y pense : il vous faudrait un autre matériel, une canne plus longue, un scion plus dur.

Le voilà parti dans un discours très technique qui prépare de loin de nouveaux achats. La partie n'est pas gagnée.

– On boirait bien un coup ! propose Masseron.

François ne s'est pas aperçu qu'il mourait de soif. Il approuve d'un signe de tête. Il n'a pas encore retrouvé la parole. Masseron stoppe à l'entrée de l'avenue des Sources. Devant le supermarché, il y a un attroupement de badauds. Masseron s'approche :

– Un accident ?

– Pas encore ! répond quelqu'un.

– Comment ça ?

– Il y a une vipère au rayon alimentation. On croit qu'elle est venue par le camion qui apporte les légumes. On la cherche.

5

Devant l'entrée, la foule fait cercle, jusqu'à ce qu'un agent de police l'engage à reculer. François se pousse au premier rang, là où l'émotion est la plus vive. C'est une curiste qui a aperçu le reptile. On lui demande s'il était gros.

– Au moins long comme ça ! dit-elle, en écartant ses mains l'une de l'autre. Et ça se faufile, c'est à ne pas croire !

– Pour retrouver un serpent là-dedans, dit un jeune homme qui semble prendre l'événement à la plaisanterie, vous pouvez toujours courir !

– Cette année, remarque une estivante, c'est une vraie calamité. Nous, sur la Côte, c'est pas les vipères qui nous envahissent : c'est les cafards.

– On changerait bien avec vous ! s'élève une voix, dans un groupe où l'on reconnaît le boucher à son tablier maculé de rouge.

– Eh là ! Poussez pas !

Tout le monde se met à parler à la fois.

– Il faudrait appeler les pompiers.

– Et qu'est-ce qu'ils feront, les pompiers ? Ils arroseront la marchandise ? Vous parlez si elle s'en fout la vipère !

– D'abord, c'était peut-être une couleuvre ?

L'instituteur survient, conciliant.

– Couleuvre ou vipère, dit-il, on ne peut pas laisser un serpent se promener dans un lieu public. Voyons, madame, où est-elle ?

– Là ! parmi les boîtes de petits pois. Elle formait un petit tas brunâtre, verdâtre... Tout ce que je peux dire, c'est qu'elle ressemblait à une boîte. J'ai failli la toucher.

Elle porte une main à sa gorge.

– Quelle peur ! J'ai cru que j'allais m'évanouir.

– Et après ?

– Eh bien, elle s'est dépliée sans trop se presser et elle a disparu. Elle doit être encore là.

Le pauvre homme regarde avec désespoir la rangée des conserves, le long rayon de l'alimentation, les alignements de boîtes... Fouiller tout ça ! Oui, il faudrait peut-être faire appel aux pompiers. Il confère avec les caissières qui ont abandonné précipitamment leur poste. Le haut-parleur, infatigable, annonce, entre deux airs de musique douce : « Ne sortez pas sans avoir acheté notre nouveau savon de toilette, Brise du Soir : le savon des stars. » Le directeur arrive décomposé.

– Qu'est-ce que j'apprends ? On a lâché un boa ici ?

– Non, non ! Pas un boa. Une vipère.

– Mais qui a fait cela ?

– Personne. Elle est venue toute seule, comme celle de la poste, ou celle de la B.N.P. Ça se fourre partout ! C'est comme des fourmis, en pire. Même à l'hôpital ! Il y en avait deux, dans le garage. Seulement ici, la situation est intenable. Il y a trop de monde. Si on ne prend pas des mesures, quelqu'un va se faire mordre.

Lapouge, le correspondant de *La Montagne* est là, flairant le scoop. Il a son Leica sur la poitrine, suspendu à deux courroies, prêt à photographier.

– Moi, dit-il, si j'ai un conseil à vous donner, c'est d'aller chercher le Gustou. Les vipères, ça le connaît !

Aussitôt, se tient un conciliabule qui réunit le directeur, le personnel, le commissaire de police, le journaliste et deux ou trois personnes inconnues de François. À l'entrée des allées stationne, maintenant, une foule bruyante et soudain, après avoir émis des bruits bizarres, le haut-parleur fait une annonce : « Le public est invité à ne pas encombrer les entrées du supermarché. Il n'y a aucun danger si chacun se comporte avec sang-froid. Le serpent peut se trouver partout, mais les recherches ne vont pas tarder à le débusquer. » Et le haut-parleur conclut : « Une seule consigne, se tenir loin, surveiller le sol autour de soi et surtout ne pas céder à la panique. »

Masseron, derrière François, dit :

– C'est bien embêtant pour le commerce ! Pour le moment, on rirait plutôt. Mais on va bien vite comprendre que des vipères, il peut y en avoir dans n'importe quel magasin. Pourquoi pas ? Et qu'un imbécile fasse courir le bruit qu'on en signale à la poste, au jardin public, à la gare routière, personne n'osera plus sortir.

– C'est possible, d'après vous ?

– Sûrement, dit l'instituteur, mais enfin ce qui nous arrive se produit couramment ailleurs, quand surviennent des tornades et des inondations. Les bêtes fuient, se réfugient à bord de tout ce qui flotte, les cobras pêle-mêle avec les animaux domestiques ; les boas parmi les gens. Nous sommes en présence d'une espèce de petit cataclysme biologique qui ne va pas durer.

– Ah ! s'écrie le journaliste en portant son appareil photographique devant son visage, voilà du nouveau !

Un employé du supermarché commence à distribuer quelques balais qui vont servir de bâtons, pour explorer les recoins. Point de départ de l'expédition : le rayon des petits pois, des boîtes de choucroute, des haricots... Manche à balai braqué, les volontaires, pas à pas, taquinent les interstices, font tomber des piles de boîtes qui roulent et refoulent précipitamment les assaillants.

– On n'y arrivera jamais comme ça, gémit Masseron. Et dire que je dois, moi aussi, revoir tout mon étalage ! Vous m'excusez. Je file. J'emmène tout votre matériel. À demain.

Des boîtes, il y en a de tous les côtés. Après les conserves, il faut s'attaquer au rayon des bouteilles. Tant pis, l'employé le plus brave s'en approche sur la pointe des pieds, comme s'il fallait éviter de réveiller un fauve endormi. Il allonge avec lenteur un bras, une main. Il saisit doucement une bouteille de Contrex... La foule s'est tue. On n'entend que le haut-parleur qui, sur un air de *Carmen,* fait la publicité d'une poudre à laver. Ça y est. Il la tient par le cou, la soulève. Pas de vipère. Ce n'est pas dans ce taillis de bouteilles qu'elle a cherché refuge, mais plus loin, sans doute du côté des produits de ménage.

– Je l'ai !

Le cri a été entendu jusque dans la rue. Bousculade. Applaudissements. Non, hélas ! Ce qui pend au bout d'un manche à balai, c'est une cravate oubliée par un client sur le siège du photomaton. L'équipe des patrouilleurs se replie sur sa base de départ et tient conseil. Le directeur estime que l'on perd son temps, qu'on ne va pas tarder à devenir la risée du public et que le plus sage serait sans doute de fermer le magasin pendant quarante-huit heures ; évidemment, c'est un aveu d'impuissance.

– Mais vous imaginez ce qui se passerait si quel-

RIZ
ACTION
LESSIV

qu'un était mordu, juste au moment où le bruit court qu'on va peut-être manquer de sérum ?

Il est furieux et inquiet, le directeur ! Il scrute les visages autour de lui, attendant la proposition ingénieuse qui permettrait de sauver la face. Mais justement des cris retentissent dans la rue, une sorte de joyeux brouhaha.

– Le voilà, c'est Gustou ! Vas-y Gustou !

Et le Gustou fait son entrée, dans sa redingote d'épouvantail qui ressemble plus à un vieil uniforme de parachutiste qu'à un vêtement qui fut neuf, tant les intempéries, le soleil et les orages l'ont marquée de leurs empreintes ineffaçables. L'œil vif sous l'avancée de la casquette. En bandoulière, deux sacs, l'un réservé à la bouteille, l'autre !... Il est possible de supposer qu'il a déjà fait sa récolte personnelle de vipères et qu'il allait, quand on l'a intercepté, les porter à la mairie. En chemin, il a appris ce qu'on attendait de lui. Il entre, jette un coup d'œil indifférent à ce spectacle pourtant si inattendu... la petite escouade des balayeurs, le sol jonché de boîtes, le groupe d'où partent les ordres et qui, maintenant, attend tout de lui. D'un geste, il arrête le directeur qui s'approche, fait comprendre qu'il sait ce qu'il convient de faire. Puis, tranquillement, il retire sa redingote, la brosse d'un revers de main, la plie soigneusement, la pose sur un tabouret, comme un bon ouvrier qui va se livrer à un travail difficile. Ses deux musettes bien rangées l'une à côté de l'autre, il enlève un gilet de laine – comment peut-il y tenir, avec cette chaleur – et l'étale à même le sol pour vider ses poches plus commodément. Il ramène de son exploration un ustensile bizarre qui ressemble à ces tire-bouchons formés de tiges disposées en X et qui, une fois développées, se transforment en une longue pince capable de serrer très fort. Cela se manie comme une paire de ciseaux. François comprend tout de suite qu'il s'agit d'un instrument à saisir les serpents. Il en apparaît un autre, qui ressemble, mais en beaucoup plus long, à des pinces en bois qui servent à attraper les cornichons au fond de leurs bocaux. À quoi s'ajoutent bientôt un couteau à cran d'arrêt et une boîte métallique à usage indéterminé. Le Gustou déploie l'outil qui tient du tire-bouchon et de la paire de ciseaux et en fait claquer les extrémités qui sont semblables à de petites mâchoires.

Le public, qui ne s'attendait pas à voir aux mains de ce pauvre hère un matériel si élaboré, s'est tu. Le couteau à cran d'arrêt claque en libérant sa lame. Gustou le referme, essaie la longue pince avec laquelle il semble se gratter. Mais non ! Comme un prestidigitateur, il fait apparaître, dans l'entrebâillement de sa chemise, un serpent qu'il tient par le cou et qui s'entortille autour du manche. La foule pousse une sorte de cri d'angoisse. François se sent défaillir, le temps de comprendre, pardi, que c'est la couleuvre apprivoisée, de Gustou. En effet, Gustou, après avoir considéré le champ de bataille, lâche sa bête sous le rayon de détergents et aussitôt, après s'être repliée, puis allongée plusieurs fois, la couleuvre se coule parmi les boîtes de lessive. Et soudain surgit une petite chose affolée, un mulot qui file comme le diable, et se perd sous le présentoir des conserves Panzani. Un mouvement de reflux a fait reculer les plus curieux. On a entendu quelques cris, dont Gustou n'a cure. Il n'a même pas regardé le mulot. Il s'approche de l'empilement des boîtes de lessive, en écarte quelques-unes tandis que sa main gauche fait doucement claquer les mâchoires de sa pince.

François qui l'observe intensément est frappé par

l'imperceptible transformation du personnage. Ce n'est plus tout à fait l'épouvantail ambulant que photographient souvent les touristes ! C'est une espèce de combattant en opération, l'arme au poing, à demi courbé à l'approche de l'adversaire et redoutable comme un éclaireur de commando. Il s'immobilise. Il voit quelque chose qui le fige dans l'attitude du fauve qui va bondir et soudain, il se passe un événement si rapide que personne, plus tard, n'a su le décrire. Ce qu'on voit, maintenant, c'est la vipère dont la tête est prisonnière des mâchoires de la pince et qui essaie vainement de se rebiffer, de mordre, de fuir ; elle se convulse, se noue et se dénoue avec une vivacité qui est encore capable d'effrayer.

Mais Gustou, redevenu indifférent et comme étranger à l'entourage, revient avec sa proie, met un genou à terre, ouvre en un éclair son couteau de chasseur et, tranquillement, la vipère solidement coincée au sol, lui tranche la tête d'un coup sec. C'est peut-être à ce moment-là qu'on a vraiment peur. Personne ne bouge. Alors Gustou se relève, traverse à nouveau l'allée, revient au rayon des « Paic Citron », des « Le Chat Machine », se baisse et fait entendre un sifflement très doux. Il tend la main, la retire avec précaution. La couleuvre entoure son poignet. Il lui parle et lui ouvre sa chemise. Elle s'y pousse, s'y blottit, s'y ménage avec un grouillement écœurant un nid où il fait chaud, et toute la séquence a été exécutée avec une telle facilité et une telle précision que, cette fois, on applaudit comme au cirque.

Le supermarché est envahi. On pousse Gustou vers la cafétéria. Il ne résiste pas. Il ne sourit pas. Il accepte une boisson gazeuse qu'il avale d'un coup, comme un verre d'eau. Puis il repousse les curieux et s'en va, en marmonnant des paroles indistinctes où il est peut-être question de guet-apens et de Gestapo.

François est saisi d'admiration. C'est trop d'émotion pour un seul jour ! Il observe la bousculade autour du bar. Les curieux tendent des mains avides vers les demis et les sodas. La soif est grande, après l'horrible spectacle. Le corps de la vipère est toujours là où elle a été décapitée : d'un côté, le cadavre qui dessine deux jolies boucles jaune et noir ; de l'autre, la tête, si petite qu'elle en paraît gracieuse. Un employé s'approche, avec un balai et un bac plein de sciure. Il jette du son sur la tache de sang. « Il y a une petite fortune à gagner ! vocifère le haut-parleur. Le règlement du concours se trouve dans la boîte de thé, la grande marque internationale, le Thé des Mamies. »

La vie continue, autour de François qui sort, tout étourdi. Mais sa pensée, ce qu'il appelle sa « mécanique à réfléchir » fonctionne d'autant plus vite qu'il est fatigué. Au lieu de rentrer à l'hôtel, il va s'asseoir à l'ombre, près de la pièce d'eau où, le soir, un petit orchestre de trois musiciens, sur une estrade en forme de kiosque, joue *Le Beau Danuble bleu* et *Les Millions d'Arlequin.* Que se passerait-il si un fou, au milieu des curistes, à l'heure louche où les lampadaires se substituent au crépuscule, se mettait à hurler « Les vipères ! Les vipères ! » Quel tumulte ! Quelle confusion ! Les chaises renversées, les gens piétinés, la panique. Et qui profiterait de la panique ? Qui aurait intérêt à ruiner la Société des bains ? Aussitôt, ses idées reprennent la pente qu'elles avaient commencé à suivre au moment où il avait ferré sa truite. A-t-on introduit cette vipère pour faire du tort à quelqu'un, ou bien est-elle venue là par hasard ? Si l'on peut éliminer le hasard, on tient du même coup un rapport logique. Bon ! Alors, est-ce par hasard que Gustou se promenait par là ? Gustou, l'ami des serpents est, justement en ce moment, l'homme qui travaille pour

Villadieu, qui est, en somme, à son service. On lui dit : va cacher une vipère au supermarché. Il y va. Pardi, ce n'est pas sorcier. Si j'ai raison – et j'ai raison – c'est maintenant à Malègues de jouer, d'inventer quelque chose de très désagréable pour Villadieu. On va bien voir !

– Qu'est-ce que tu fabriques ici ? C'est donc fini, cette pêche ?

M. Robion est là, qui s'évente avec son chapeau de paille. François retrouve tout son enthousiasme :

– J'ai pris une énorme truite ! claironne-t-il. Elle est chez M. Masseron. Je crois que j'ai attrapé le coup. Tu laisses couler ta mouche et zag ! Tu ferres ! Assieds-toi ! Ça marche cette enquête ?

– À petits pas ! À très petits pas ! J'ai passé deux heures chez Germaine Veyre, qui a été la maîtresse d'école de tout le pays. Elle a beau être très vieille, elle a gardé une mémoire extraordinaire. Et, en l'écoutant, j'ai compris que la querelle Villadieu-Malègues a des origines très lointaines. Du côté Villadieu comme du côté Malègues, on trouve, à l'origine, des fermiers dont les terres se touchaient ; d'où les discussions à n'en plus finir concernant les questions de bornages, de droit de passage, etc. Et puis le vieux Malègues, pas celui que tu connais mais le bisaïeul, eut l'idée de fabriquer des boîtes à fromage. Et tout de suite, ce fut le succès et bientôt la fortune. Les Malègues achetèrent tout un lot de prairies aux Villadieu, qui ripostèrent en poussant le fils aux études, de sorte que si les Malègues devenaient de gros propriétaires, les Villadieu grimpaient plus haut dans l'échelle sociale. Ne souris pas ! Ce sont des mesquineries qui se terminent parfois à coups de fusil. C'est d'ailleurs ce qui est arrivé. Le vieux Malègues et le père Villadieu se trouvèrent au maquis en même temps. Ils se cachaient à la campagne, chez Gustou et, ma foi, ils s'entendaient assez bien. Là-dessus arrive Simone Laborie. Tous les garçons tombent amoureux et c'est là qu'il me faudrait beaucoup de temps pour y voir clair. Ce dont je suis sûr, c'est que le jeune Malègues a repris alors à son compte la vieille haine des siens contre tout ce qui s'appelait Villadieu et un beau jour les Allemands surgirent. Qui dénonça qui ? Silence. Seul Gustou pourrait le dire. Tout cela entre nous, mon petit François. Mais il ne nous est pas interdit de penser que la bagarre continue et que tout ce qui survient de désagréable à l'un est voulu par l'autre.

Quel plaisir de s'entretenir ainsi, sur le ton de la confidence, avec ce père qui n'a presque jamais pris le temps de vivre en famille. On a treize ans et c'est, tout à coup, comme si on en avait vingt. On parle, on réfléchit, on interroge, on est de plain-pied comme un partenaire. Ce qu'on dit est écouté sérieusement. Cette histoire de la vipère égarée au supermarché ne prête même pas à sourire.

– Tu crois, dit M. Robion gravement, que quelqu'un a voulu nuire aux Malègues ? C'est ingénieux mais peu probable, du moins sous cette forme.

– Écoute, papa, si j'ai raison tu peux être sûr que les Malègues vont riposter. Tu paries ?

– L'affaire est trop importante pour que je m'amuse à parier. Mais va, va ! Moi qui craignais un peu que tu t'ennuies. Je vois que tu es à ton affaire. Allons l'admirer, cette truite extraordinaire !

6

Il y eut une réunion, le soir même à la mairie. Que faire contre l'invasion des mulots et des vipères ? L'instituteur eut une idée intéressante. D'après lui, si ces bêtes faisaient peur, c'est qu'on ne les connaissait plus. Pour commencer, on pouvait déjà regarder de près une vipère, la toucher, l'inspecter avec soin. Bonne façon de dissiper sa peur. Il avait apporté un serpent mort, bien entendu, grâce à Gustou. Qu'on veuille bien s'approcher... La vipère était étendue sur un linge blanc, comme un poisson qu'on va cuire, et l'instituteur, du bout du doigt, montrait les couleurs, les taches, les dessins de la robe. C'était une superbe vipère, une vipère péliade de près d'un mètre de la tête à la queue.

– Vous êtes sûr qu'elle est morte ? demande quelqu'un.

– Ah ! s'écrie l'instituteur, vous voyez à quel point nous sommes victimes de nos terreurs imaginaires. Approchez ! Touchez-la !

Personne n'ose s'avancer. On tend le cou, on apprécie : oui, c'est un beau spécimen, mais on s'en tient là.

– Vous, madame ! Vous ne voulez pas essayer ?

Rire gêné.

– Non merci. Rien que ce contact glacé... Je ne sais pas ce qui m'arriverait.

– Mais non ! Mais pas du tout. Vous avez bien préparé une matelote d'anguilles ? Eh bien, c'est pareil !

François a grande envie de toucher mais ce qui le retient encore, c'est une espèce de crainte superstitieuse : s'il la touche, il la sentira frémir, peut-être bouger et alors...

– Toi, mon petit ! dit l'instituteur en le montrant du doigt. Viens ! N'aie pas peur. C'est sans doute ta première vipère ? J'en étais sûr. Mets ta main dessus. Allez ! Carrément...

François a la chair de poule mais c'est maintenant une sorte d'affaire d'honneur. Il ne peut se permettre de perdre la face, et qu'on dise de lui : « C'est le fils de l'avocat. Ils se croient très malins, ces Parisiens. »

Il ferme les yeux et, ça y est, il touche. Il les rouvre aussitôt. Ce n'est pas ce qu'il croyait. C'est ferme et en même temps un peu élastique. Mais surtout, ce n'est pas froid. C'est plus sec que la truite. Si l'on insiste, on sent sur les flancs le quadrillage des écailles. Et cette souplesse miraculeuse ! À peine si on la pousse un peu, aussitôt elle commence à sinuer, à amorcer une contraction comme si elle était prête à se mettre en mouvement. François retire sa main, encore tout ému de sa hardiesse mais glorieux et gonflé d'importance. Il sent qu'il lui reste à franchir un degré de plus, à affronter une vipère vivante, oh ! pas pour la toucher, bien sûr, mais pour la regarder se déployer et fuir... Il y a bien eu l'épisode du cimetière mais il n'est pas concluant, parce que la vipère n'était peut-être pas une vipère mais une banale couleuvre. Or, pour qu'il y ait affrontement, il faut que la bête, tout d'abord, lui tienne tête et

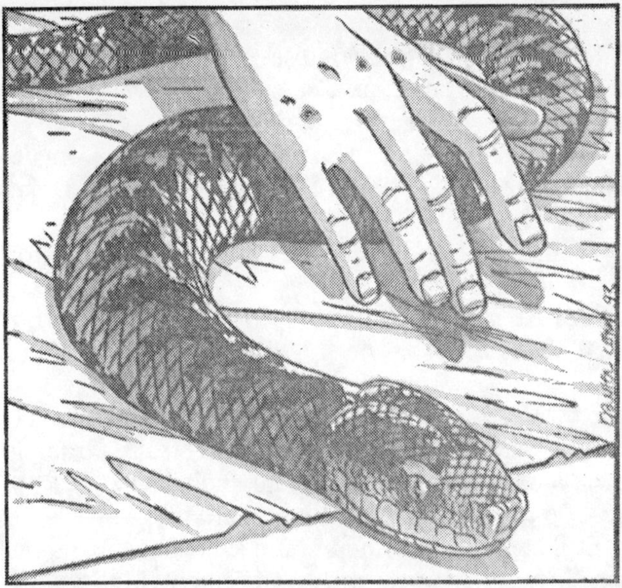

ensuite qu'elle batte en retraite sans précipitation, sans rien perdre de sa dignité, et même, il serait bon qu'elle reste tout d'abord lovée sur elle-même comme un petit cordage sournois. Le temps, pour le serpent, de regarder l'intrus, et pour François de fixer sans ciller cet œil sans prunelle. Le « mano a mano » de qui n'a pas de main.

Cela, il l'explique tant bien que mal à son père, tandis qu'il déguste sa truite.

– Tu me feras le plaisir de ne pas pousser trop loin tes expériences idiotes ! dit l'avocat. J'aime bien que tu sois courageux, mais je n'aime pas du tout cette manie que tu as de vouloir te surpasser. Laisse-moi ces vipères tranquilles, s'il te plaît ! Et achète-toi, chez Masseron, un bâton de promenade.

C'est que le commerçant a flairé la bonne affaire. À peine rentré, il a rassemblé de vieux scions, des morceaux de cannes à pêche hors d'usage, des tuteurs servant de soutien à ses tomates ; il a rangé le tout, ficelé en botte, à la porte de son magasin, et a rédigé une affichette : « Alerte aux vipères. La région, désolée par une canicule qui dure anormalement, est envahie par des bêtes indésirables et dangereuses. Les autorités, débordées, comptent sur le concours de chacun. Munissez-vous d'un léger bâton ou d'une baguette souple et résistante et gardez à portée de la main cette arme peu encombrante qui peut vous sauver la vie. La vipère doit être frappée d'un coup sec. Elle est vulnérable sur toute sa longueur. Qu'on se méfie. On en trouve maintenant jusque dans les habitations. Achetez sans tarder le stick antireptile. Cent francs au choix ! »

– Pour vous, dit Masseron, c'est gratuit !

Et il choisit lui-même un mince et souple bambou.

– Je vous en mets un de côté, pour Me Robion ? Non ?... Si je comprends bien, il n'a pas le temps de se promener ! Il faut dire qu'avec tout ce qui se passe ! Vous êtes au courant, bien entendu, pour l'autopsie ?

– Non !

– Comment ? Votre père ne vous raconte rien, alors !... Il est pourtant bien placé ! On le voit souvent avec le greffier du procureur, André Loubeyre. Les bruits en tapinois, vous savez, c'est la grande distraction, ici ! Et justement l'autopsie fournit une rumeur passionnante.

– Mais l'autopsie de qui ? demande François, qui s'amuse à cingler l'air avec sa badine.

Tous ces ragots ne l'intéressent guère.

– Comment, l'autopsie de qui ! Mais de l'inconnu qui a été tué l'autre jour. On l'avait enterré, bien entendu ! Et puis, maintenant, on l'exhume, sur un ordre qui vient de Clermont ! Ce qui prouve que l'enquête va reprendre.

Naturellement, quand Me Robion, interrogé, hausse les sourcils en signe d'ignorance, François, qui le connaît bien, comprend qu'il y a vraiment anguille sous roche.

– Tu me feras le plaisir de ne plus colporter de pareils propos. Bon, ça ne signifie pas qu'on a découvert une nouvelle piste ! Il s'agit de vérifier une hypothèse, mais elle est tellement fragile ! On se demande si la victime n'a pas été empoisonnée. Là ! Tu es content ! Alors, plus de questions !

Empoisonnée ! Voilà qui donne à réfléchir. François médite durement. Masseron a entrepris de vendre à Me Robion un matériel de pêcheur d'écrevisses, et l'avocat écoute en souriant. Il aime bien qu'on essaie de lui faire l'article, pour l'agrément de la palabre.

– Mais il n'y a plus d'eau ! objecte-t-il.

– Oh si, sur la Truyère on peut encore attraper quelques douzaines d'écrevisses. Interrogez Gustou, si vous ne me croyez pas ! Avec ce type de balances...

Et les voilà dans une discussion savante sur les mérites comparés de la tête de veau fermentée et de la tripe de poulet mûrissante.

– Le meilleur appât, affirme Masseron, c'est la tripe ! Et cette année, à cause de cette invasion de vipères, les gens évitent les bords de l'eau, ce qui favorise l'écrevisse. Moi, j'ai toujours, au fond du jardin, un morceau de viande qui travaille et dès que j'ai une minute...

– J'ai entendu dire, murmure l'avocat, qu'il existe des narcotiques, pour la pêche.

– Exact. On mélange à l'appât certains produits, comme la « coque du Levant » qui soûle littéralement tout ce qui nage. Il faudrait que vous vous adressiez à un chimiste.

Il attire l'avocat au fond du magasin.

– Je connais des pêcheurs qui se procurent, moyennant finances (clin d'œil malin), de l'élixir parégorique avec lequel ils font une cuisine... Je ne vous dis que ça.

Un quart d'heure plus tard, François harcèle son père.

– Tu penses à l'homme assassiné, hein ? Qui sait si on ne l'a pas drogué avec un de ces produits pour la pêche ?

– Tais-toi donc, petit crétin !

François insiste.

– Ah, j'aurais mieux fait d'écouter ta mère et de te laisser à Paris !

Mais, malgré lui, il entre dans le jeu.

– Les jumelles, dit-il, il faut en tenir compte. Ce n'est pas un étourdissement qui l'a fait tomber, mais un fameux coup de matraque, pendant qu'il observait quelque chose. Vois-tu, puisque ce problème t'intéresse, la difficulté, c'est de retenir l'ensemble des événements éparpillés et sans rapport entre eux ! Ou plutôt si, il y a un rapport et c'est moi qui l'ai découvert par hasard en partant de cette conviction que le petit maquis de Gustou a été dénoncé. Je ne vois pas encore le lien entre les événements de 1944 et l'assassinat de l'inconnu aux jumelles, mais je mettrais ma main au feu qu'il existe. Et ce que j'attends d'une nouvelle autopsie, c'est qu'elle m'apprenne comment cet homme est mort. J'ai tout lieu de penser que l'examen du corps a été un peu bâclé. L'appareil judiciaire souffre, lui aussi, de la chaleur ! Seulement, mon petit François, n'oublie pas : je n'ai aucun titre à faire valoir pour m'occuper de cette enquête. Tout ce que je peux faire, c'est suggérer à l'un, puis à l'autre, telle ou telle démarche. Jusqu'à présent, on a bien voulu m'écouter, me demander mon avis, à cause de mon expérience. Mais c'est tout ! Alors toi, tu ne sais rien ! Je ne te parle de rien. Je fais, pour passer le temps, une recherche historique sur le maquis de Ruynes. Ça ne t'intéresse pas. Ce qui te passionne, c'est la pêche. Compris ?

– Compris !

– Eh bien, allons manger, maintenant, j'espère que toutes ces histoires ne t'ont pas coupé l'appétit !

Ils ont leur table, près d'une fenêtre qui ouvre sur la rue. Ils échappent ainsi aux bruits des conversations, et aujourd'hui le ton monte, à cause de la vipère du Casino. Me Robion arrête le serveur au passage :

– Il y a de l'énervement dans l'air. Qu'est-ce qui se passe ?

– Comment ? Ces messieurs ne sont pas au courant ? C'est plein de vipères, au supermarché ! On est obligé de fermer l'établissement. Vous vous rendez compte ! En pleine saison ! Depuis ce matin, l'hôtel a perdu cinq pensionnaires. Si ça continue, c'est la catastrophe !

– Mais enfin, on doit pouvoir faire quelque chose ?

– Hé ! Que voulez-vous faire ? Les mulots se faufilent dans les maisons parce qu'ils n'ont plus rien à bouffer ! Et les serpents leur courent derrière parce que vous savez combien une vipère mange de rats ? Un par jour. Quelquefois deux. Et je ne parle pas des couleuvres !

– À qui appartient l'hôtel ?

– À M. Malègues. Oh ! et puis pas que celui-là ! L'hôtel de France aussi, et le restaurant des Sources. Excusez-moi.

Il se retourne :

– J'arrive. Oui, le poulet marche. Puis à voix basse :

– Tout le monde a peur. Les clients sont à cran. Ce n'est pas notre faute, tout de même !

Me Robion, toujours méfiant, attend un peu avant de reprendre :

– J'ai repensé à ton idée d'une sorte de duel entre nos Capulet et nos Montaigu... Je veux parler des Villadieu et des Malègues. Ce n'est pas bête ! Dès qu'on gratte, on en revient toujours au drame de Ruynes. J'ai bien l'impression que, depuis ce temps-là, chacun des deux veut la peau de l'autre, je sais que l'homme qui a été tué cherchait à rencontrer Malègues. Je le tiens du facteur. On devrait toujours interroger les facteurs. En vérité, je patauge. Tout se passe comme si j'essayais de démêler une intrigue où tout se tient, à partir de la dénonciation qui continue à empoisonner le pays ! Et je regrette bien de m'être fourré là-dedans. Je sens que l'on commence à nous regarder de travers !

– Moi aussi ? s'écrie François.

– Eh, peut-être bien ! Je suis sûr qu'on voudrait bien nous voir ailleurs ! Ils acceptent le touriste mais ils ne supportent pas l'étranger. À cet instant, le garçon s'approche et parle à l'oreille de l'avocat, qui bouchonne sa serviette.

– J'y vais ! dit-il en se levant, puis il chuchote :

– On vient de découvrir un mort, au pont de l'Arche. Tâche donc d'aller à la pêche de ce côté-là, avec le voisin. Mais sans raconter que tu es en mission. Si je te mets au courant, c'est parce que je vois bien que tu commences à trouver le temps long. Alors, aide-moi, en observant, en écoutant. À ce soir !

De la main, une pression d'amitié sur la nuque de François, et le voilà parti.

À peine François apparaît-il sur le seuil du magasin Masseron que le marchand surgit.

– Je vous emmène. Il y a du nouveau. Oui, un noyé au pont de l'Arche. Je viens de l'apprendre par Loubeyre qui a pris deux belles truites mais il a filé parce qu'il a perdu sa canne à pêche.

Le bavard est lancé. Il n'y a plus qu'à le laisser aller, comme un petit ruisseau jamais à sec.

– Les gendarmes sont sur place. Un noyé, moi, ça m'épate. À moins qu'il l'ait fait exprès ! Le coin est joli. Le vieux pont de pierre et sa plage ! On peut s'y baigner. Et des chevennes gros comme ça. On les attrape avec des grillons. Et les truites qui restent, il faut aller les chercher à la main. Ça vous dirait si je vous apprenais à pêcher à la main ? C'est défendu ! Mais maintenant ce qui est défendu d'une main est permis de l'autre ! Et les grosses truites, les « mémères », elles se cachent dans les endroits où le courant a creusé des caves, sous les berges. Mais il faut faire attention de ne pas être vu ! Tiens, le Gustou ! Salut, Gustou ! Quand il y a des gendarmes dans le coin, il préfère être ailleurs. Vous avez remarqué sa besace à vipères ! Il a sûrement fait son plein, depuis ce matin. Quand il en a douze, il va les vendre au pharmacien. Au-dessus de douze, il ne sait plus compter. Ma pipe, ça ne vous gêne pas ?

Le pont de l'Arche est un vieux pont, en dos d'âne, avec des pâquerettes qui s'acharnent à pousser entre les dalles. Trois gendarmes et quelques curieux suffisent à l'encombrer. Lapouge est là, très affairé, photographiant le filet d'eau qui coule sans hâte entre les cailloux.

– Venez voir, dit le journaliste. On l'a trouvé là...

penchez-vous un peu plus, à gauche de la pile... À plat ventre, le nez dans le courant. Un endroit où on a pied. D'après le médecin, il a voulu boire. Il s'est mis à plat ventre et il est mort... la chaleur... le cœur qui lâche... Pour le moment on ne sait rien ! Même le Dr Chaumette qui n'ose se prononcer !

– On le connaît ? demande Masseron.

– Non. Il n'est pas d'ici. Il est arrivé à vélo. Sa machine est couchée là-bas dans l'herbe. Il avait l'intention de pêcher, car son matériel est attaché sur le cadre.

– Comment s'appelle-t-il ?

– Mystère. Il n'a pas de papiers.

L'adjudant remonte sur le pont, pendant que ses hommes vont déposer le corps sur la rive. Il a retiré son képi et s'éponge le front.

– Voilà de la copie ! dit-il à Lapouge.

– Et du travail pour vous ! répond ce dernier. Si on ne sait pas d'où il vient, qui il est, sans signe particulier, sans blessure apparente, sans rien qui permette de l'identifier, eh bien, bonne chance.

– Enfin, proteste Masseron, il avait bien des choses dans les poches de son pantalon !

– Oui, dit l'adjudant. Un mouchoir, un couteau suisse et une paire de petites jumelles !

– Comme l'autre ! murmure Masseron.

– Exact ! C'est même ça qui est le plus troublant ! Un deuxième mort inconnu est assassiné au moment où il observe quelque chose de mystérieux à la jumelle ! Car la mort l'a surpris à l'improviste, j'en suis sûr. Il est tombé sur les genoux puis il a piqué une tête en avant, sans lâcher ses jumelles. L'examen du terrain le prouve. On peut m'objecter qu'il voulait boire, puisque son corps ne présente aucune trace de blessure ! Mais alors il aurait lâché ses jumelles. Or, il les tenait toujours dans la main gauche quand nous l'avons trouvé.

L'adjudant, d'un lent mouvement du bras, montre la campagne, autour de lui.

– Je voudrais bien qu'on me dise ce qui mérite, ici, d'être examiné avec un soin pareil... Des prairies, des arbres, un hangar.

– Il appartient à l'entreprise Malègues, explique le journaliste. Il lui sert d'entrepôt.

– Bon, d'accord. Mais si un promeneur veut le voir de près, rien ne l'en empêche. Ce n'est pas un terrain militaire. Franchement, on ne comprend pas.

Une estafette bleue apparaît sur le chemin du bourg.

– Ma brigade, dit l'adjudant. Écartez-vous, messieurs. L'enquête commence !

7

La salle de restaurant bourdonne. De temps en temps la voix d'un gros homme, négociant à Bordeaux, perce le brouhaha.

– Si personne ne fait rien, s'écrie-t-il, où va-t-on ? Ça ne peut plus durer !

– Il a raison, murmure Me Robion. Mais quelles mesures faut-il prendre ? Va-t-on interdire aux vipères et aux criminels de circuler sur le territoire de la commune ? Je plaisante mais je n'ai pourtant pas le cœur à plaisanter. J'ai longuement causé avec le maire. Le malheureux est complètement débordé. C'est un homme énergique. Il saurait lutter contre un incendie ou un grave accident de la circulation ! Mais ici... On ne se bat pas contre les hordes de mulots et de serpents, contre un fou qui s'attaque à des passants, contre une population exaspérée ! Reprends donc des légumes. Tu ne manges rien. C'est pourtant excellent. Tiens, voilà Lapouge qui vient prendre le pouls de l'opinion. Je vous offre un café, monsieur Lapouge ?

Le journaliste s'assoit, ses deux appareils photographiques soigneusement calés sur ses genoux.

– Il y a du nouveau, chuchote-t-il. Le grand type, là-bas, près de la porte... non... ne vous retournez pas... c'est un inspecteur du S.R.P.J. d'Aurillac. Il est arrivé il y a une heure. J'ai beau le connaître depuis longtemps, il n'a rien voulu me dire, mais j'ai compris que l'affaire est sérieuse. Pour lui, il s'agit d'un crime. Je me demande même si l'inconnu n'est pas parfaitement connu des services de police.

– Peut-être que c'est un policier ? dit François qui ne sait pas réfléchir et manger à la fois.

– Finis tes lentilles ! dit Me Robion.

Mais François, avant d'obéir, a encore le temps d'ajouter :

– Un policier en mission. La preuve, les jumelles.

Le journaliste sourit et donne une petite tape sur la tête de François.

– Je vois que ça va vite, là-dedans ! dit-il. Vous avez là un précieux collaborateur.

– Oh ! pour ça ! Toujours le premier où l'on n'a pas besoin de lui ! La vipère du supermarché ? Il est là, comme par hasard. Le mort du pont de l'Arche ? Il est encore là, au premier rang !

– Eh bien, comment voyez-vous la suite, jeune homme ?

– Il faut attendre l'autopsie.

Lapouge rit gentiment.

– Bien sûr ! Mais ce n'est pas tellement la cause de sa mort qui est le mystère. C'est la position du cadavre. Les eaux sont si basses qu'il y a des portions importantes de l'Alagnon qui sont nues et propres comme des plages. Ce n'est plus que du sable. Et précisément le vieux pont de l'Arche n'enjambe plus qu'un terrain parfaitement lisse, qui borde d'un côté le chemin et de l'autre le filet d'eau qui subsiste. Le corps est tombé la tête la première, comme s'il s'était accroupi pour boire. Mais il ne porte aucune blessure apparente.

– On l'a poussé ! dit François avec impétuosité.

– Ah oui ? Alors d'où est-il venu celui qui l'a tué ? Il n'y a aucune empreinte sur le sable en dehors de celles de la victime. Rien. L'assaillant semble tombé du ciel. D'ailleurs (du plat de la main, il tape sur ses appareils) vous verrez les photos et ne me dites pas qu'il a fait du vent pour tout gommer.

François lève un doigt d'un air comique.

– Je peux parler ? L'assassin a pu effacer ses traces.

– Non. Il en aurait fatalement laissé d'autres.

Silence, puis le journaliste conclut :

– On n'a pas tous les jours des énigmes de cette qualité. Mon article va faire du bruit. Aussitôt après la vipère du Supermarché, avouez que c'est trop beau ! Dès ce soir, la ville va grouiller de confrères. Avez-vous l'intention de suivre l'enquête de près ?

– Fichtre non ! sursaute l'avocat. On m'a bien assez vu. J'ai l'impression d'être indésirable. À quoi il faut ajouter que la légende s'est substituée à l'Histoire. Les faits les plus simples sont arrangés, déformés. J'aurais voulu visiter ce qui reste de la ferme de Gustou, préciser le rôle de chacun au moment de l'assaut, situer la place de mon ami au moment du combat. J'espérais trouver dans ces décombres un souvenir, une relique. On m'a dit que Gustou veillait sur ses ruines comme un chien méchant, et qu'il valait mieux renoncer si je ne voulais pas provoquer un incident. Je n'ai plus qu'à repartir avec François.

– Mais non, pas du tout, proteste Lapouge. Si vous m'aviez dit cela plus tôt. Moi, je peux vous faire visiter la ferme. Gustou a beau ne plus avoir toute sa tête, il adore qu'on le photographie. Je vous emmènerai tous les deux.

– J'espère que les vipères ne se promènent pas partout chez lui !

– Oh ! que non ! Vous n'avez rien à craindre.

Là-dessus accourt le serveur.

– Le téléphone, monsieur. C'est pour vous. Dans la cabine.

L'avocat se lève.

– Vous m'excusez ?

Lapouge le suit.

– Moi aussi, je dois téléphoner au journal. Après vous, maître.

François reste seul mais il n'est pas vraiment seul quand un problème le met au défi. Et cette histoire de plage d'où les empreintes ont disparu, c'est un drôle de défi. Car si personne n'a pu s'approcher du corps, personne, non plus, n'a pu s'en éloigner. Et quand la vie se met à ressembler à un roman, François sait, par expérience, qu'il y a quelque part un truc à découvrir, comme dans les tours de prestidigitateurs. Mais quoi ! Un mort, tout autour de lui une étendue de sable semblable à une plage, sans indice, et puis... et puis c'est tout. Il faudrait d'autres données. Sinon, personne ne viendra à bout du mystère.

L'avocat revient, soucieux.

– Une mauvaise nouvelle ? demande François. Maman est malade ?

– Mais non !

– Qui t'a appelé ?

– Personne.

– Quoi ? C'était un faux numéro ?

– Oh non ! Mais c'était une voix que j'entendais pour la première fois. Et elle a dit ceci, que je te prie de garder pour toi. « Si vous continuez, il pourrait bien vous arriver des bricoles à tous les deux ! À bon entendeur... » et on a raccroché !

– Ah ben, dis donc ! Ça signifie quoi, d'après toi ? C'est une menace, non ?

– Exactement. On me prie de quitter la ville. Et même on nous prie tous les deux, parce que « si vous continuez », cela s'adresse autant à toi qu'à moi. Il y a donc, par ici, quelqu'un que nous gênons. Et si je gêne, c'est parce que j'enquête ! Et on pense que je me sers de toi...

– Moi ?

– On a pu te voir en train d'espionner Gustou, de fureter à droite et à gauche sous prétexte de pêcher... Garçon, deux expresso... Tu vois, comme j'en avais l'intuition, tout part de la fusillade d'autrefois et tout y ramène. Il y a quelque chose qui doit rester caché ! Oh ! mais, je trouverai ! Ce n'est pas un malheureux coup de téléphone qui me fera reculer.

François a rarement vu son père en colère et il découvre soudain un combattant décidé à rendre les coups. Il est très impressionné.

– La voix, dit-il. Comment était-elle ?

– Une voix sans accent, étouffée, comme masquée par un mouchoir ou une étoffe, détachant bien les mots, peu timbrée. Une voix d'homme à coup sûr. Et qui valait mieux que ce qu'elle débitait, car le texte est plutôt indigent ! « Il pourrait vous arriver des bricoles », peut-on imaginer rien de plus vulgaire ! Et « à bon entendeur », c'est de la mauvaise littérature !

– Tu vas prévenir la police ? demande François.

– Pas question. Des menaces, dans mon métier, on en reçoit à chaque instant ! Non. C'est toi qu'il faut protéger.. Dorénavant, je ne te laisserai plus seul. Je vais demander à M. Masseron qu'il t'accompagne quand tu auras envie de pêcher. Ça t'ennuie ?

– Heu ! non... mais si, quand même un peu. J'aime bien me sentir libre. Et je préférerais enquêter avec toi.

– Alors, écoute, pour commencer, je vais parler avec l'adjudant de gendarmerie. Je t'emmène. Ça va ?

Signe de tête de François qui n'a pas l'habitude de laisser voir ses sentiments.

Au pont de l'Arche, il y a pas mal de monde. Le cadavre a été enlevé, mais quatre gendarmes interdisent aux curieux l'accès à la plage. Rapide palabre. Bon. L'autorisation d'avancer est accordée et Me Robion examine la rive. Il explique à François :

– À mon avis, le seul moyen de s'approcher de notre homme, c'était de marcher dans l'eau. Imagine un pêcheur à la mouche équipé de cuissardes pour aller explorer des endroits un peu profonds. Donc, il pêche et l'autre ne se méfie pas, et quand il arrive à la hauteur de sa victime, il lui fait signe de venir tout au bord et lui dit : « Doucement, il y en a une presque à vos pieds. Je vais l'attraper à la main. C'est la chaleur qui les engourdit. » L'autre se baisse, et hop, il est saisi par le cou, jeté à terre et proprement étranglé. Le tour est joué. Le criminel ramasse son matériel qu'il a forcément déposé sur les cailloux et il file.

François s'en veut de n'avoir pas trouvé lui-même cette solution, tellement vraisemblable. Pourtant, il y a un détail qui le chiffonne : les jumelles ! Non seulement l'inconnu pouvait voir venir de très loin celui qui allait le tuer, mais encore le reconnaître.

– Très juste ! approuve l'avocat. Et cela prouve une chose : c'est que l'assassin connaissait parfaitement sa victime mais pas l'inverse. Les jumelles devaient servir à explorer le terrain. On pense à un soldat en manœuvre, qui est chargé d'une mission de reconnaissance, repérer les lieux, surveiller les allées et venues des habitants, mais comme un simple promeneur. Et quoi de plus normal, de moins louche, qu'un pêcheur ? D'accord ?

Bien obligé d'être d'accord avec ce diable d'homme ! Cependant, on étudie à fond l'endroit où le corps est tombé.

– On a déjà fouillé ! dit l'adjudant, qui les a rejoints.

– Le médecin ?

– Il est évasif. Ce qui l'a étonné, c'est que le visage du mort est convulsé, comme s'il avait succombé à un empoisonnement. Mais l'autopsie nous renseignera.

– Où habite-t-il, ce médecin ?

– Sur la place de l'Église, le docteur Chailloux. Mais l'autopsie sera faite à Saint-Flour.

– Eh bien, passons chez lui.

Le Dr Chailloux se fait prier. Il ne reçoit qu'à partir de trois heures. Mais enfin, compte tenu des circonstances, soit. Il ne s'agit d'ailleurs que d'une banale affaire, d'après lui. Sauf sur un point, cependant. Ce qui a provoqué la mort, c'est non pas un simple étranglement mais une rupture du cou, du moins à première vue. L'assassin est certainement un homme exceptionnellement vigoureux. Et puis il y a aussi la grimace...

– Quelle grimace ?

– La contraction des muscles de la face, qui fait penser à un empoisonnement, comme je l'ai dit aux gendarmes. Mais évidemment tout cela mérite un examen approfondi. Et je vous avoue que je suis surtout habitué aux infarctus, aux congestions, à la mort courante, si vous voyez ce que je veux dire. Et puis aussi aux morsures de serpent ! En ce moment, c'est une calamité !

– Ah, justement ! Excusez : une idée qui me traverse l'esprit. Quelqu'un qui mourrait d'une morsure de vipère, présenterait-il ce faciès si caractéristique ?

Le brave docteur reste sans voix.

– Personne ne meurt plus comme ça ! dit-il. Vous oubliez le sérum !

« Mais quelle drôle d'idée, pense François. Lui qui

est si raisonnable d'habitude. Quand il s'y met, il est plus farfelu que moi ! »

Une ombre passe devant la fenêtre et le docteur la désigne d'un mouvement de tête.

– Tenez, un qui pourrait vous renseigner, c'est le Gustou. Il en sait plus que moi sur les vipères. Il est trois heures. Le temps est lourd. Vous pouvez être sûr qu'il y va.

– Où ça ?

– Eh ! aux vipères, pardi ! Il y va comme d'autres vont aux champignons ou aux escargots. Venez voir. Toujours ses deux musettes, la plus grande pour ses pensionnaires. Son bâton fourchu. Et en route.

– Il en prend beaucoup ?

– Je me suis laissé dire qu'il en attrape une dizaine, chaque fois. Pas plus, car il ne sait plus compter ! Depuis qu'il a été fusillé, on a dû vous le dire, il n'a plus sa tête. Oh ! mais, il finit par bien gagner sa vie. Quelquefois, il m'amène un client, quand la blessure est vilaine. Je m'empresse de lui donner dix francs, sur le seuil. Pas question qu'il entre, vous pensez bien !

– Ça se présente comment une morsure ? demande François.

– Ça dépend. Souvent au poignet, notamment, ou à la cheville ; on découvre deux points rouges, bien nets, comme avec une seringue. Mais très vite l'enflure surgit et alors ce n'est pas beau.

– Et lui, il n'est jamais mordu ?

– Bien sûr que si, mais il est immunisé depuis longtemps. Pour ce qui est de votre mort, je pencherais pour la crise cardiaque.

– Merci, docteur.

Sur le trottoir, Me Robion regarde sa montre.

– Tu n'es pas fatigué ? Eh bien, je propose qu'on

aille jeter un coup d'œil au terrier du Gustou ! Oh ! On n'entrera pas ! Mais il m'intrigue. Tu imagines la vie de ce pauvre garçon, toujours tout seul, toujours sur le qui-vive depuis quarante ans qu'il voit partout des ennemis. À propos du cimetière, je me suis renseigné. Il n'y a pas de secret pour Germaine Veyre, la vieille institutrice. Nous croyions que le Gustou allait fleurir la tombe de cette jeune fille une fois par an. Erreur ! Il la fleurit presque tous les jours, mais en se cachant. Ça ne regarde personne ! Et moi, ça me touche beaucoup, cet amour que le peloton d'exécution n'a pas tué. Tous ces serpents qu'il massacre, je me demande s'ils ne représentent pas pour lui la méchanceté du monde !

La grotte de pierraille calcinée, où le Gustou s'est aménagé une retraite sûre, marque la limite, du côté de la campagne, de la propriété Malègues.

– Tu vois, explique l'avocat, cette bicoque est sur leur terre. Ils auraient pu la faire raser ! Eh bien non ! Pourquoi ? Par une espèce de superstition, je crois ! C'est là, au fond de la cour, que les derniers survivants du maquis de Ruynes ont été fusillés.

Ils se taisent un instant. Des hirondelles ont fait leur nid parmi les poutres rongées par l'incendie.

– Affreux ! murmure François.

– Ces souvenirs-là, personne n'a le droit d'y toucher. Même pas les Malègues ! dit Robion. Gustou est le gardien du passé. Chacun chez soi, les Malègues avec leur fortune, et lui avec ses morts. Allons-nous-en !

Au passage, il montre à François une forte plante velue qui répand une odeur désagréable.

– Drôle d'idée de laisser pousser de la jusquiame, dit-il. Comme si ce décor n'était pas assez funèbre. Cela sent le charnier. C'est un bon moyen d'écarter les visiteurs.

Un dernier coup d'œil. D'un côté de la vaste cour, le garage aux camions de l'entreprise Malègues et, un peu en arrière, la maison du maître, cossue, élégante dans sa sobriété ; de l'autre, la tanière de Gustou, basse, noirâtre, avec deux meurtrières servant de fenêtres, et fortifiée par des traverses de chemin de fer prises sur quelque chantier.

– C'est là-dedans qu'il vit, comme un sauvage ! murmure l'avocat. On ne m'ôtera pas de l'idée qu'il y a un mystère Gustou !

8

Il fait si chaud que Me Robion renonce à retourner à Saint-Flour pour y clore son enquête. Il emmène François au Grand Café de Paris où se produit, pour les curistes, un petit orchestre un peu disparate : une flûte, une contrebasse et un banjo. Est-ce parce que l'été, cette année, souffle du feu, ou bien parce que, sous les pieds, coule une rivière d'eau bouillante, ou pour ces deux raisons réunies mais, dans la presse locale, on rappelle qu'il faut remonter à une vingtaine d'années pour trouver, à Chaudes-Aigues, une température équivalente.

– Heureusement, on va rentrer dans quelques jours ! dit l'avocat. Je commence à en avoir assez de cette vie d'hôtel et je ne tiens pas à ce qu'il nous « arrive des bricoles », pour parler comme notre aimable interlocuteur. Mais ce qui me met hors de moi, c'est que j'ai échoué, sur toute la ligne. J'ignorerai toujours qui a dénoncé le Gustou et ses amis et, ce qui est pire, je ne parviendrai pas à tirer au clair le mystère de ce double meurtre.

– Oui, dit François. Moi aussi je cherche.

Il s'interrompt.

– Continue... Continue... Tu allais dire quelque chose d'important.

– Non. Ou plutôt ce que j'allais dire est tellement invraisemblable... Je pense à ce vélo qu'on a tort d'oublier.

– Eh bien, le mort avait peut-être rendez-vous avec quelqu'un. Discussion. Querelle. Il est tué ! L'autre repart sur le vélo du mort. La plage reste vierge. Oui, je sais. Les pneus auraient laissé leur marque. Mais ce n'est pas sûr, car on peut rouler sur le côté de la plage en évitant le sable... Non, oublie, ça ne tient pas. Je ne me rappelais plus que le vélo avait été retrouvé dans l'herbe. Tiens... voilà Lapouge... Qu'est-ce qu'on vous offre, cher monsieur. Une grande menthe à l'eau ?

Le journaliste s'attable, tout en épongeant sa calvitie.

– J'ai croisé Gustou, dit-il... Nous irons le voir chez lui, si ça vous fait plaisir.

– Nous y sommes allés tout à l'heure. Merci. Je reconnais que l'endroit n'est pas ordinaire. Rien de neuf, à part ça ?

– Si. Un détail intéressant. C'est le policier d'Aurillac qui en a eu l'idée. Le niveau de l'Alagnon a encore baissé.

– Oui. Et alors ?

– Alors, toute la portion de rivière en bordure de la plage n'est plus pêchable, même à la mouche sèche. L'assassin n'était certainement pas équipé en pêcheur. Il devait avoir l'allure d'un touriste. Ce n'est pas ça qui manque. Eh oui ! Tout le monde est en vacances ! On a encore eu de la chance de trouver quelqu'un d'aussi compétent. Supposez... je vous répète ce que m'a dit l'inspecteur. Supposez que l'individu ait fait signe au cycliste de venir le rejoindre. Le pauvre type descend de l'endroit où il a laissé son vélo, traverse l'Alagnon en sautant d'une pierre sur l'autre. Hein ? Vous devinez la suite. Bagarre.

Meurtre. Et pour brouiller les cartes, l'assassin ramène sa victime où nous l'avons trouvée. Ainsi, pas d'empreintes. Pas d'indices. La plage est nette. Simplement, le mort a traversé deux fois la rivière !

François se retient pour ne pas battre des mains. Mais Me Robion demeure pensif :

– Oui, dit-il, oui... c'est une théorie. Elle est même très ingénieuse. Mais il faut admettre que l'assassin et sa victime se connaissaient. En vérité, pourquoi pas ! Seulement il reste une difficulté qui n'est pas mince. J'admets : les deux hommes se connaissaient. Bon ! Mais l'assassin connaissait donc aussi sa première victime, car n'oublions pas que les deux crimes sont pratiquement identiques ! Ça ne vous paraît pas bizarre ? Et n'oubliez pas que la police penche pour l'hypothèse de l'empoisonnement ! Un empoisonnement foudroyant ou presque. On devrait donc trouver aussi des traces d'empoisonnement dans ce deuxième meurtre ! Non, je vous avoue que je ne vois pas ce criminel repassant à gué la rivière avec un cadavre dans les bras alors qu'il est si facile de le laisser sur place comme l'autre !

Ils se taisent tous les trois, accablés par la chaleur et le poids du mystère.

– En fait, dit enfin l'avocat, ce qui me hante, c'est cette absence d'empreintes. Mais peut-être avez-vous raison ? L'inconnu, au lieu de traverser la plage depuis le chemin, est venu en suivant le bord de l'eau qui est rocheux et se prête mieux à la marche. Mais cela ne signifie pas forcément qu'il avait rendez-vous. Il pouvait se promener ! Attendez ! Je vois l'objection. S'il s'était muni de jumelles, comme l'autre, c'est qu'il devait repérer, à un signe quelconque, l'approche et l'identité d'un personnage qui était réputé dangereux depuis la mort du premier. Réfléchissez : nous avons deux victimes qui ne possèdent aucun papier d'identité, et n'ont pour tout bagage que des jumelles. On a l'impression d'avoir affaire à des éclaireurs, je l'ai déjà dit mais maintenant j'en suis à peu près sûr ! Qui dit éclaireur dit opération à caractère militaire. Arrêtez-moi si je vais trop vite.

– Au contraire, s'écrie le journaliste. Vous me fournissez les éléments d'un article du tonnerre.

– Non, justement pas ! Que tout cela reste entre nous. Ce sont de simples suppositions.

– Quand même, proteste Lapouge, j'aurais dû prendre des notes.

– Mais moi, intervient François, je peux tout résumer. On a, caché dans le bourg, un individu qui est plus ou moins poursuivi.

– Stop ! fit l'avocat. Si on l'écoutait, on serait toujours en plein western.

– Quoi ! En gros, c'est bien ça !

– D'accord. Mais très en gros !

– Il y a des gens d'un service secret, continue François, qui cherchent à localiser l'espion. Mais l'espion se défend et se débarrasse de ses poursuivants.

– Évidemment, plaisante le journaliste, il est difficile de raconter ça à nos lecteurs.

– Surtout, ajoute Me Robion, que vous auriez à parler de ces empoisonnements, s'il s'agit bien de ça ! Et que faites-vous de la strangulation ? Voyez-vous, monsieur Lapouge, autant je suis obligé, par mon métier, de m'occuper d'affaires graves, autant je refuse tout ce qui ressemble à ce qui est sensationnel, les choses à émotions, à frissons. C'est pourquoi je vais rentrer à Paris. François a découvert la pêche à la mouche. Je lui laisse sa chance pour trois ou quatre jours encore et puis on fait les valises !

Hélas ! François n'eut même pas droit à une permission aussi courte. Il s'était à peine remis à la mouche noyée, qui lui avait si bien réussi, que le mystère s'épaissit encore.

Il pêche, ce matin-là, en suivant la rive gauche de l'Alagnon, qui est bordée de trous, de « caves » comme on dit, où se cachent les grosses bêtes, en période de sécheresse. Il s'est enhardi sans cesser d'avoir peur. Depuis qu'il a touché la vipère, qu'il a constaté que c'est une bête comme une autre, et bien qu'il conserve contre elle une espèce de rancune animale parce qu'elle n'a pas de pattes et qu'il lui serait pourtant si facile d'être un lézard, il marche comme tout le monde et non plus comme un baigneur aux pieds nus qui sautille sur les aspérités du sol. De temps en temps, il a une touche. Il sent, toujours trop tard, l'assaut brutal et c'est cette impression inoubliable qui est sa drogue. Le poisson, bah ! Quand on le voit blanchir sous l'eau, c'est déjà la fin. C'est un poisson, quoi ! Tandis qu'une minute plus tôt, c'est... justement, on ne sait pas encore ce que c'est ! Ou plutôt si, on sait que c'est quelqu'un et qu'on ne va pas tarder à se mesurer, nageoires puissantes contre bas de ligne, fin comme un cheveu, la brutalité contre l'adresse. Exactement ce que François adore, dans ces histoires où le criminel s'escamote comme une fumée légère dans un espace pourtant verrouillé. C'est pourquoi il rêve toujours un peu en marchant. Il pense à ce mystérieux assassin qui a fondu sur place sans laisser la moindre empreinte.

– Ho, monsieur Robion ! Ho !

– Excusez-moi ! Je ne vous entendais pas !

– Votre papa n'est pas avec vous ?

– Non ! Quoi de neuf, monsieur Lapouge ?

– Ah, ne m'en parlez pas. Vous permettez ?

Il piétine prudemment l'herbe sèche du talus, s'assoit, s'éponge le visage, puis, sur le ton de la confidence de bouche à oreille déclare :

– On a le résultat de l'autopsie.

– Et alors ?

– Alors, c'est incroyable. Je ne devrais pas vous le révéler mais j'ai tellement couru après Me Robion qu'il faut, maintenant, que je vous parle. Ces choses-là, on ne peut pas les garder pour soi. L'autopsie du premier mort n'a rien donné pour des raisons techniques. Mais celle du deuxième cadavre a révélé des choses incompréhensibles. L'inconnu a bien été empoisonné. Ça on s'en doutait. Mais à l'aide d'un poison plutôt rare qui s'appelle hyosciamine. Nous l'avons appris par un biologiste de Clermont-Ferrand : eh oui ! Tout le monde est en vacances ! On se débrouille comme on peut. Ce poison provoque des convulsions violentes et la mort est presque instantanée. Mais il y a mieux ! Le médecin chargé de l'autopsie s'est demandé comment ce poison était entré dans le sang. Pas par voie buccale. Donc par piqûre ! Et pas moyen de trouver trace de piqûre ! Cependant, à force de rechercher, il a repéré deux écorchures à l'avant-bras gauche. Et c'est bien là le coup de théâtre. Ces piqûres pourraient être – je dis bien : pourrient être – la marque d'une morsure...

– Continuez ! s'écrie François, soudain bouleversé.

Lapouge s'essuie le front, secoue la tête :

– Moi, dit-il, je n'y crois pas. Mais c'est pour ça que je cours après votre papa. Il y verra peut-être plus clair !

– Parlez !

– Ça pourrait être une morsure de serpent !

– Allons donc. Le venin de vipère n'est pas si rapide !

– Qu'est-ce que vous voulez dire ?

– Si seulement je le savais !

Le journaliste tire de sa poche un carnet qu'il feuillette rapidement sans cesser de parler.

– J'ai pris des notes pour un prochain article. Ce biologiste, le Pr Caze, est d'une érudition fantastique, et comme il parle volontiers, j'ai appris que chaque espèce venimeuse produit son propre poison. C'est ainsi qu'on trouve de la cyanine dans le venin de crotale, de la napeline dans celui de la vipère des sables...

– Bon d'accord ! Mais dans notre cas...

– Eh bien cet alcaloïde, dont je vous ai parlé, c'est dans le venin du mamba qu'il est le plus abondant ! Son effet est pratiquement instantané. Mais comme le Pr Caze est intarrissable, l'assistant a eu droit à un cours complet, avec croquis. Il a mesuré l'écartement des crochets : ils pouvaient être ceux du mamba. À quoi un interne a objecté qu'il n'existe pas de mambas en France, ni même en Europe. Le professeur a souri : « Il y en a au Jardin des Plantes et au vivarium de Monaco, et il y en a aussi dans les laboratoires qui préparent les sérums. »

Et en manière de plaisanterie, il a ajouté : « Vous semblez ignorer qu'il existe un marché des reptiles. En y mettant le prix, vous pouvez vous procurer très facilement trois ou quatre mètres de python ou un beau petit crocrodile. On cite le cas d'un propriétaire du Val-d'Oise qui, pour faire partir des locataires qui ne voulaient pas vider les lieux, s'est acheté un serpent fouet d'un mètre quarante. Les squatters n'ont pas insisté. »

– Qu'est-ce que vous en pensez ? dit François.

– Je n'ose pas dire ce que j'en pense ! répond le journaliste. Mais c'est un fait que l'autre jour quelqu'un a introduit une vipère dans le supermarché. Elle n'était pas là par hasard. Alors, supposez qu'un fou lâche dans la nature trois ou quatre serpents particulièrement dangereux...

– Mais pourquoi ?

– Que sais-je ? Au nom du droit de vivre de toutes les créatures ! On a bien fait campagne pour les jaguars, les guépards et les pumas... Il y a ici des gens qui militent pour la réacclimatation du lynx, du bison...

– Oui, coupe François, les Villadieu...

– Oh ! je ne désigne personne. Je rêve ! Voilà tout ! Il est certain que le climat actuel se prêterait assez bien à un renouvellement de la faune...

Tout de suite emporté par son imagination, François s'écrie :

– Et pourquoi pas des safaris auvergnats !

Lapouge se lève en riant.

– Doucement jeune homme ! N'allez pas raconter partout ces élucubrations. Mais enfin, c'est une idée à creuser. Vous rentrez ?

– Oui. Mais d'abord je vais faire quelques lancers. J'ai acheté des hameçons triples qui maintiennent bien la mouche.

– Alors, bonne... Oh ! pardon, j'allais dire « bonne pêche » !

François laisse couler le bourdon choisi comme appât ; il est attentif à tous les signes de l'eau mais en même temps il repasse dans sa tête tout ce qu'il vient d'apprendre. L'industriel contre le pharmacien, hé, hé, ce ne serait pas si bête ! Ah ! ah ! Tu payes des tueurs de vipères, eh bien, débrouille-toi avec un mamba ! Et tant pis pour tes espions, car, ces individus à jumelles, ce sont forcément des espions ! Toc ! Manqué. Une belle touche pourtant ! Mais, au fond des collines, j'entends rouler le tonnerre. Je ferais mieux de plier bagage. Ainsi méditant, François bat en retraite. Il croise en chemin le Gustou, plus épouvantail que jamais dans son accoutrement misérable, avec ses deux musettes dont l'une... François s'avise que le Gustou sert deux maîtres : il travaille tantôt pour l'écologiste et tantôt pour le politicien ! C'est quand même curieux, dans cette ville où les passions mijotent et répandent un doux fumet de haine cuite à point.

Devant l'hôtel, une voiture chargée de bagages. Les curistes, l'un après l'autre, préfèrent regagner des régions plus sûres. Et dans la vitrine de sa pharmacie, en bonne vue, qu'est-ce que M. Villadieu a placé entre un bocal plein de liqueur mauve où flotte un serpent enroulé sur lui-même et un récipient qui contient plusieurs petits scorpions vivants, queue dressée ? Il a placé un carton comme on en voit pour stigmatiser l'alcoolisme, mais ici on montre des reptiles variés, parmi les plus redoutables : l'aspic, la vipère du Gabon, le naja dit serpent à lunettes, le serpent minute, le céraste avec ses deux cornes dardées comme des pointes de flèches, et tous en tenue de camouflage, comme des guerriers en embuscade. Cela sent le guet-apens, le coup de poignard, la mort en traître... Ah ! le pharmacien n'a pas perdu son temps ! Il y a des gosses silencieux qui contemplent, le nez sur la vitre, cet étalage aussi fascinant qu'une panoplie d'armes de science-fiction.

– Moi, dit une petite fille, qui suit du doigt, sur la vitre, les replis d'un cobra, comme si elle voulait en conserver le dessin, c'est celui-là que je préfère !

François traverse l'hôtel désert. Les pensionnaires qui ont payé pour une cure complète sont aux mains des kinésis, des infirmiers et des docteurs. Ils s'accrocheront jusqu'au bout. Les autres, les curistes amateurs, ont lâché pied. Au salon, un vieil homme, endormi dans une chaise longue, a laissé tomber son journal. François lit le gros titre : « Le mystère de la Margeride. » Il s'approche silencieusement, ramasse le journal. C'est une feuille locale : *L'Éclaireur de Saint-Flour* dont l'éditorial réserve à l'enquête en cours trois grandes colonnes. François s'empresse de lire en diagonale, sans cesser de surveiller le dormeur. « La police se montre singulièrement discrète »... Plus loin « Que veut-on nous cacher ? ». Plus loin « Le Pr Caze pense que... » La suite est maculée d'une tache de café. Mais, dans le bas de la page, il y a une carte de la région qui indique, grâce à des hachures plus ou moins serrées, les endroits où la densité des morsures est la plus frappante. Et malheureusement, c'est Chaudes-Aigues qui paraît être au centre de la région la plus menacée. L'invasion des mulots et des reptiles s'étend au nord-est de la ville, puis perd peu à peu de sa gravité, en direction d'Aurillac, et disparaît complètement à mesure que l'on atteint les zones de pâturages. Et le chroniqueur de déclarer en caractères plus gros : « On aurait tort de céder à la panique. Les vipères, dont une grande quantité a déjà été tuée, ne présentent pas un réel danger, et le sérum existe dans toutes les pharmacies... » Suivaient les conseils habituels... Mais pas un mot sur les deux inconnus qui, eux, ont peut-être succombé à quelque venin et dont la consigne est de ne pas parler.

L'orage est proche. Les premières gouttes, épaisses comme des crachats, roulent dans la poussière, claquent sur le toit du garage. François, l'outillage que Masseron n'a pas manqué de lui vendre, étalé sur la table, attaque la fabrication de sa première mouche artificielle ; il a laissé sa fenêtre grande ouverte. L'odeur du mouillé l'émeut jusqu'au cœur.

9

François a travaillé jusqu'au dîner. Ses mouches sont informes. Il s'est piqué les doigts à ces cochonneries d'hameçons triples. Du moins n'a-t-il pas vu passer le temps. L'orage est toujours là, rôdant autour du ciel noir d'où il décharge de temps en temps une espèce de coup de canon suivi de détonations molles qui n'en finissent pas de ricocher de colline en colline.

Me Robion ne s'est pas montré. Il doit poursuivre ses recherches à Saint-Flour, dans des archives poussiéreuses. Il a téléphoné pour prévenir qu'il ne dînerait pas et qu'il rentrerait tard. François a mangé tout seul, sans appétit. Sournoisement, sa peur est revenue. Des reptiles exotiques, en Auvergne ? Allons donc ! Qui aurait l'idée saugrenue – et criminelle – de lâcher des bêtes encore plus dangereuses pour les animaux que pour les paysans ! Mais on peut rétorquer qu'aux serpents on peut opposer des rapaces, dont justement on essaie, çà et là, de ranimer la race. Et c'est ainsi, de proche en proche, qu'on peut voir se reconstituer un biotope. François grignote un biscuit, arrêté par ce mot bizarre. Il accumule par jeu les mots savants, toujours séduit par cette langue d'avant-garde, privilège des joueurs de scrabble (encore un mot qui n'est pas vilain !). Biotope, c'est là où il y a de la vie qui grouille, où chacun trouve de quoi manger avant d'être mangé lui-même ! Les lemmings se jettent à la mer pour nourrir les maquereaux. Et les étourneaux, ces oiseaux qui se multiplient soudain comme des criquets, à qui, à quoi, servent-ils ? C'est trop compliqué. François a sommeil. Demain, si la pluie s'arrête, il ira taquiner une truite dans l'Alagnon en crue. Il aime assez les corvées du coucher, la douche, le brossage des dents, deux ou trois affreuses grimaces quand on passe devant l'armoire à glace.

Un dernier examen du matériel pour le plaisir, la canne en bambou refendu doit être essuyée avec une peau de chamois, la montre à cadran lumineux (un cadeau de maman) bien calée sur la table de nuit... La fenêtre ! On l'ouvre ? On la ferme ? Non. On la laisse ouverte pour entendre, dans la ruelle, courir la pluie légère comme une ballerine qui danse sur la pointe des pieds. Cela rappelle une musique, une chanson, un air bien connu... et le sommeil vient d'un seul coup bâillonner et endormir celui qui, déjà, rêvait...

Ce n'est pas le tonnerre, ce n'est pas l'averse, qui réveille François. C'est le silence, et une soudaine fraîcheur. Il est quatre heures du matin. Un grand ciel plein d'étoiles se reflète dans les vitres de sa fenêtre. François écoute, de tous ses sens, de toute sa peau, comme un animal qui se ramasse pour résister. Mais résister à quoi ? Qui peut dire pourquoi on a peur ! Peut-être simplement parce que le cœur tient plus de place, parce que le sang fait du bruit, parce qu'on voudrait soudain posséder le don du poisson qui s'ensable, et de la taupe qui s'enterre. Être encore un peu là pour vérifier qu'il n'y a plus personne, que rien ne dépasse et alors s'enfoncer dans le noir protecteur.

Il n'entend plus rien, mais quelque part, dans sa tête, quelque chose a entendu quelque chose ! Et voilà pourquoi, de proche en proche, des nerfs inconnus, des cellules mystérieuses s'immobilisent et travaillent à reconstituer le bruit... et même pas le bruit... Et ce n'était peut-être qu'un craquement du vieux parquet, ou plutôt une espèce de mouvement, de déplacement, de glissement... À peine le mot vient-il de surgir dans la conscience, alerte ! Les bras, les jambes rejettent le drap tandis que la main tâtonne vers le commutateur, tout de suite irritée parce qu'il n'obéit pas assez vite : une lumière pauvre arrache péniblement à la nuit la table étroite, le fauteuil fatigué, l'armoire au miroir constellé de taches de rousseur, la chaise bizarrement neuve (elle vient du café) et par terre les vêtements en tas, dans le désordre d'un déshabillage plein d'ennui. C'est de ce côté-là qu'il y a quelque chose. On dirait que c'est la ceinture du pantalon qui, en tombant, a pris cette forme suspecte, cauteleuse, comme si elle projetait de sortir en douceur des passants qui la soutiennent. À cette heure de la nuit, les choses choisissent des aspects secrets qu'il vaut mieux ignorer. Cette ceinture en peau de serpent, superbe cadcau de sa grand-mère, d'accord, se dit François, c'est ma ceinture, et je sais bien qu'elle ne peut pas bouger ! Et pourtant elle bouge ! Et François sent qu'il va hurler. Il ramène ses jambes sur son ventre. Il se blottit contre lui-même. Il a vu. Il voit. Il comprend. On a jeté cette horrible bête par la fenêtre ouverte. On visait la chambre de l'avocat et on s'est trompé de fenêtre ! Vite, il faut prévenir papa, mais justement en évitant les mouvements brusques, car si elle se trouve bien

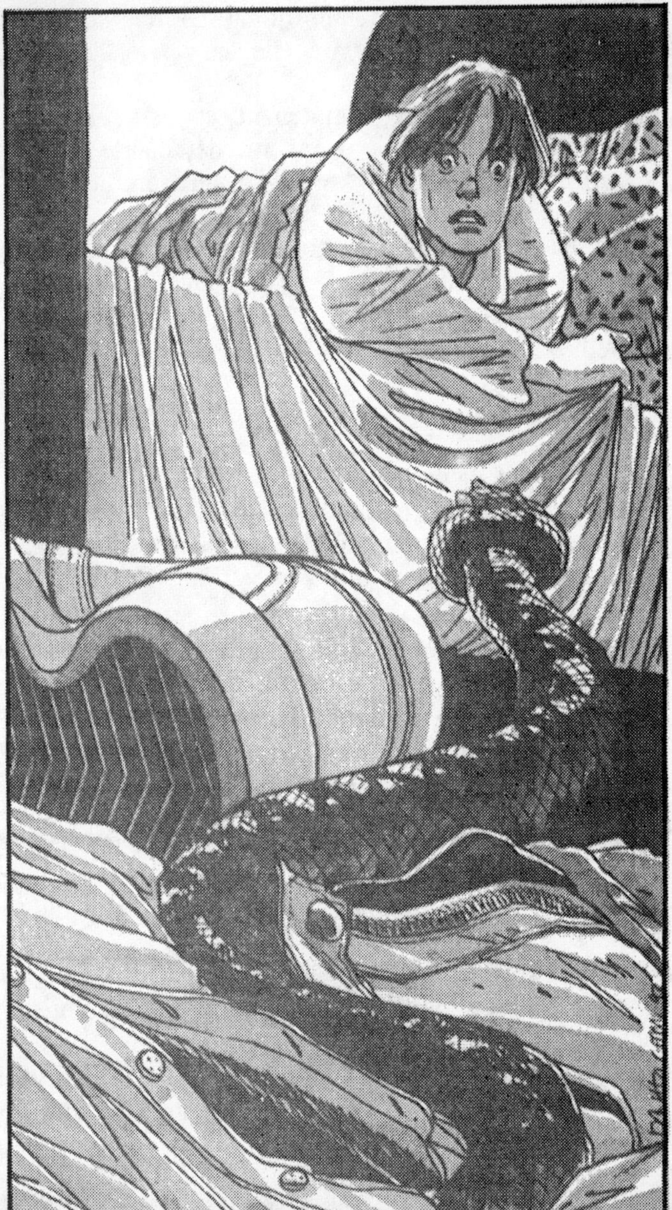

dans les plis des vêtements qui lui offrent un nid douillet, elle va s'endormir, elle, la vipère, la visiteuse qui tue !

François est lucide, maintenant, et ses yeux sont habitués à cette lumière à demi défaillante. Il se mobilise avec lenteur, se dresse sur son lit sans perdre de vue l'animal, et toque doucement sur le mur. La chambre de son père est mitoyenne. À cette heure avancée de la nuit, il est forcément rentré depuis longtemps. Toc ! Toc ! Mais qu'est-ce qu'il a à roupiller comme ça ! Ho, papa... Il chuchote à toucher la tapisserie puis il frappe un peu plus fort. Trop fort. Il a un peu perdu l'équilibre et là-bas la chose a disparu. Il n'y a pas à hésiter. Il faut téléphoner au veilleur de nuit, le vieux Georges qui se fait passer gentiment pour un peu sourd, afin de décourager les insomniaques portés sur la causette. Ça sonne ! Ça sonne. Enfin la voix de Georges. Il grogne.

– La chambre de Me Robion, mais elle est contiguë à la vôtre. Tapez dans le mur. Si je l'appelle, la sonnerie va s'entendre dans tout l'étage. Bon. C'est comme vous voulez !

Un temps. La sonnerie finit par résonner et cet appel, en pleine nuit, a quelque chose de vaguement dramatique. Échange de paroles peu amènes. Pas commode l'avocat ! Et encore moins commode quand il entend François murmurer : « Il y a une vipère dans la chambre. »

– Tu es sûr !

– Je l'ai vue. Elle était sur le plancher, dans mes chaussettes !

Grognement qui étouffe des jurons de colère, car il jure, papa, moins que les copains, mais il vaut mieux se tenir un peu loin.

– Reste tranquille. Grimpe sur ton lit.
– J'y suis.
– J'arrive.
– Je peux ouvrir la porte.
– Non ! Manquerait plus que cette saloperie s'échappe ! Ma clef ouvre ta chambre. J'entrerai en vitesse et alors on avisera. Surtout, ne bouge pas.

Cette fois, il y a du branle-bas dans la chambre voisine, des sièges bousculés, le long grincement de l'armoire malmenée, quelques shoots vigoureux pour inviter les mules à laisser la place aux souliers. Bonne précaution. Et le voilà devant la porte ; elle s'entrebâille.

– Tu l'aperçois ?
– Non.
– Attention ! J'entre.

L'avocat est à l'intérieur et se colle devant la porte comme pour barrer le passage.

– Si tu rangeais tes affaires, on ne serait pas à faire les imbéciles à cette heure.
– Mais ce n'est pas ma faute. C'est à toi qu'on en veut !
– Tais-toi.

Me Robion fait quelques pas méfiants, comme s'il avançait sur un sol brûlant. Tête à droite, tête à gauche, le cou tendu. Aucun signe suspect. L'avocat vise, évidemment, l'angle de la pièce où François a rangé son matériel, ligne, épuisette, tout ce qui peut frapper, cingler, fouetter un reptile en position d'attaque. De temps en temps, il jette, par-dessus son épaule :

– Tu ne bouges pas, hein ! Si de ton côté, tu aperçois quelque chose, préviens-moi.

Ça y est. Il a traversé la chambre en contournant de loin le tas de vêtements qui reste le plus dangereux. Il se retourne pour ne pas être surpris par-derrière, et, à l'aveuglette, tâte les cannes. Qu'est-ce qu'il cherche ? L'épuisette. Elle est télescopique, comme un parapluie qui se déploie d'un coup sec quand on appuie sur un bouton. Clac ! La voilà ouverte et l'image du dictionnaire s'impose brusquement à François : les gladiateurs, celui qui balance un filet et celui qui pointe un trident. Mais en même temps, ce qu'il voit, c'est un homme en pyjama et en bottes braquant une épuisette. Une secousse de fou rire lui bloque la gorge ! Il a tellement peur qu'il est aussi bien capable d'éclater de rire que de fondre en sanglots. Mais maintenant l'avocat fonce. Du plat de l'épuisette, il frappe sur les vêtements, les disperse. Les chaussettes s'envolent. Le pantalon est tourné et retourné comme une crêpe. La chemise s'abandonne. Rien.

– C'est fini, ce boucan ! crie une voix furieuse, qui monte du plancher.

– Tu vois dans quelle situation tu nous mets ! bougonne Me Robion.

– Je n'y suis pour rien ! proteste François. Et je sais bien ce que j'ai vu !

– Ce que tu as vu, ce que tu as vu... tu as rêvé, pardi ! Tu étais encore dans la lune, comme d'habitude.

Avec le scion de la canne à mouche, fin et souple comme un fleuret, il explore le dessous de l'armoire, en ramène des flocons de poussière, grogne : « C'est ce qu'ils appellent faire le ménage », pousse ses investigations autour des pieds du lit, tire à lui la commode pour l'éloigner du mur. Rapide coup d'œil dans l'étroit espace ainsi révélé. Un cri ! Ça y est ! Je l'ai !

Et alors, c'est un mélange de piétinements, de

souffles rauques, d'interpellations furieuses : « Saleté... tu vas te sortir de là, oui. Allez ! En vitesse où je vais te chercher. Attention ! »

François s'est penché. Il aperçoit un tortillement véloce, un mouvement houleux en direction du cabinet de toilette. Coup de fouet brutal. Le scion a frappé juste. Le serpent, presque coupé en deux, se noue et se dénoue avec la lenteur de l'agonie.

– Tu peux descendre ! dit Me Robion. Tu avais raison. C'est bien une vipère, mais elle est toute petite. Finalement, plus de peur que de mal.

Il la saisit avec un coin de journal et la balance dans la ruelle.

– Retour à l'envoyeur ! déclare-t-il avec entrain. Je ne sais pas si tu es comme moi, mais je boirais bien quelque chose de frais.

– Tu as vu l'heure ?

– Oui. Mais on ne fera pas de bruit. Viens.

Ils descendent au bar, soudain complices, et leur dramatique aventure s'achève en escapade. Me Robion ouvre le réfrigérateur.

– Qu'est-ce que tu veux ? Pour moi, ce sera une bière.

– Moi, un Orangina.

– À la tienne, bonhomme. Tu sais, tu m'as fait peur !

Ils boivent à la bouteille. Leurs yeux rient.

– Si ta mère nous voyait, elle dirait que nous sommes pires que des gosses ! chuchote l'avocat. Attends ! On paye avant de sortir.

Il se fouille, ramène un billet qu'il coince sous sa bouteille vide.

– Des clients comme nous, conclut-il, le vieux Georges en voudrait bien toutes les nuits !

Il change de ton, soudain soucieux.

– On s'en est pris à toi pour me faire comprendre que si je continuais mon enquête, c'est toi qui paierais ! Alors, plus d'imprudence. Je ne te quitte plus des yeux. Oui, je sais, tu es capable de... etc., etc. Mais tu ne m'empêcheras pas de veiller spécialement sur toi ! On ne joue plus, mon petit ! C'est la guerre !

– Mais...

– Non. C'est moi qui parle ! Et si je parle, c'est que je ne suis chargé de rien d'officiel, dans cette affaire. Mais quand même, je te conseille de te taire. Les deux piqûres, tu te rappelles ? On a cru un instant qu'elles avaient été faites par un reptile inconnu. Eh bien, pas du tout ! Et tout simplement parce que le poison est d'origine végétale. Comment a-t-il été administré : on cherche, mais les deux morts ne sont pas des touristes et pas davantage des espions. C'étaient des employés de la firme Flantiveau et Gascuel qui est un consortium immobilier en train d'acheter quantité de terrains à bâtir. Je l'ai appris hier à Saint-Flour. Ces opérations financières exigent le plus grand secret. Il y a un repérage des terrains intéressants qui précède toute démarche officielle, pour éviter certaines spéculations. Et précisément, entre le bourg et l'Alagnon se trouvent des friches qui pourraient être achetées à bas prix, la transaction demeurant secrète. Et la rivalité du maire et de Malègues n'arrange pas les choses !

– Mais qu'est-ce que le poison vient faire là-dedans ?

– Ah ! le poison ! dit tristement l'avocat. Attends ! Je sais, depuis hier, qu'une grande parcelle convoitée par le consortium appartient à Malègues... en gros, les prairies qui englobent l'ancienne propriété de la famille de Gustou. Et Malègues ne veut pas qu'on y touche.

– Oh ! là ! là ! que c'est donc compliqué !

– C'est compliqué parce que les renseignements ne parviennent que trop lentement. Le mois d'août, les vacances... on vit au ralenti. Mais l'affaire commence à prendre forme !

Le vieux Georges entre avec son plumeau pour faire la toilette matinale de la salle à manger, signifiant par là qu'il faut décamper. Ils se retirent dans le salon et l'avocat allume une cigarette.

– J'en saurai plus long tout à l'heure ! reprend-il. J'ai rendez-vous avec le commissaire Bécherelle. Il veut bien me tenir au courant. C'est un policier remarquable. La façon dont il a débrouillé le mystère du poison m'a réellement étonné. Ce qui l'a frappé tout de suite et qui aurait dû nous frapper aussi, devine... puisque tu aimes ce genre d'énigme, réfléchis... Il y a les piqûres, mais pas seulement !... Il y a aussi le rictus, la grimace du mort, la contraction de tous ses traits... Et c'est à quoi, justement, on reconnaît l'effet d'un poison foudroyant. Mais il y a façon et façon de se contracter. Avec l'acide prussique, les yeux sont violemment fermés... Avec la ciguë, les mâchoires se crispent ; bref, je ne vais pas te faire un cours. Ce qu'il faut savoir, c'est que les poisons qui provoquent une commotion brutale peuvent être obtenus à partir de plantes banales comme la colchique, la parisette, la jusquiame. Inutile de te dire que ce Bécherelle est drôlement calé. Et justement, en visitant la maison et le jardin de Gustou, il a remarqué cette superbe jusquiame. Et tu sais à quoi elle servait autrefois ?

– Non.

– À combattre la douleur. Mais, sous sa forme concentrée, c'est un poison redoutable. Alors, rapproche les faits. Où était-elle cultivée, cette plante ?

Dans la ferme où étaient cachés des résistants, qui ne possédaient pratiquement aucun matériel de secours. S'ils étaient blessés, avec quoi atténuer leurs souffrances et s'ils étaient sur le point d'être pris, avec quoi remplacer le cyanure ? Avec le jus concentré de la jusquiame. Le temps d'une convulsion affreuse et c'était fini !

– Ah ! j'ai compris ! dit François en sautant en l'air.

– Tu n'as rien compris du tout, pour la simple raison que Bécherelle et moi, nous en sommes toujours à chercher. Parce que ce qu'il faut expliquer, c'est comment le poison a été introduit dans le corps des deux victimes. Et là, je l'avoue, nous nageons. Il n'est même pas prouvé que ce soit Gustou qui se soit servi du jus de jusquiame. N'importe qui peut, depuis le chemin, en cueillir des feuilles. Ce qui reste certain, c'est que le drame a commencé avec la dénonciation. Là, on tient une certitude car toutes les lettres de dénonciation ont été retrouvées à la Kommandantur de Saint-Flour et la lettre qui a déclenché le raid contre Ruynes est là, bien lisible quoique formée avec des barres et des traits.

– Attends, dit François. Si je résume, on a cette lettre, le groupe fusillé par les Allemands, la tombe de la jeune fille qui était courtisée par Malègues, Villadieu et Gustou, et puis, la paix revenue, une espèce de duel sournois entre les deux hommes, ce pauvre Gustou étant leur instrument inconscient. Et maintenant c'est le dernier règlement de comptes.

– D'accord, admet Me Robion, mais on ne peut rien prouver. En somme, on ne dispose que de ces deux piqûres et je sais bien que si j'avais à plaider, je réduirais à rien cet indice.

Il se lève, étouffe un bâillement et déclare :

– Quand j'en aurai fini avec le commissaire, je passerai au garage et je mettrai la voiture au parking de l'hôtel. J'en ai plus qu'assez de ces vipères, de ces rivalités de clans, de ces crimes sous le masque. Et à Paris, nous aurons moins chaud. Si M. Masseron veut bien t'accompagner ce matin, va dire au revoir à l'Alagnon et emballe tout ton matériel.

Bien sûr, M. Masseron est toujours partant pour une partie de pêche.

– Vous avez de la chance, dit-il. Cette nuit, il y a eu une éclosion d'éphémères. Je suis allé voir la rivière. Elle est couverte d'une véritable couche de ces espèces de libellules. C'est comme de la neige. Il y avait déjà eu une éclosion en juin, mais pas si importante. Vous verriez les truites. Elles sont folles. Les gobages se touchent comme des gouttes de pluie. On devrait en ramasser une bonne douzaine, surtout que l'orage a fait remonter l'eau. On peut se permettre de lancer près du bord. Moi, à votre place, j'essayerais la mouche sèche, pendant que c'est facile. Mais il faut qu'on se dépêche parce que, dans une heure, tous les pêcheurs en état de tenir une ligne vont se bousculer autour de l'eau. Le miracle va durer une heure. Pas plus ! Après, les truites gavées feront relâche. Mettez vos bottes. On a intérêt à entrer un peu dans le courant.

Masseron ne s'est pas trompé. Les rives sont hérissées de cannes, qui sifflent et déploient leurs lignes fines comme des fils de la vierge. On entend des invitations joyeuses : « Par ici, ma belle ! Viens dire bonjour au monsieur ! Allons, pas de chichis ! » François ne se tient plus. Il monte sa ligne, tout en marchant, choisit une mouche artificielle qui ressemble à une petite guêpe. Attention, c'est le moment de bien mettre en pratique tout ce qu'on a appris : la canne relevée d'un coup sec, la soie qui file dans les anneaux et dessine en l'air une large boucle qui tient du lasso, et puis le coup de poignet souple qui projette en avant sept ou huit mètres de ligne dont on devine le parcours plus qu'on ne le voit. Quant à la mouche, elle a dû tomber au bon endroit, mais dans l'eau qui court sur les cailloux, il est impossible de l'apercevoir. On pêche au jugé. On ferre au petit bonheur. Tiens, le Gustou est là, sur l'autre rive. Mais il n'a pas l'air d'attraper grand-chose. En revanche, quel style ! C'est une bonne vingtaine de mètres de nylon qu'il promène en zigzag au-dessus de sa tête comme s'il manœuvrait un cerf-volant. Et ça part. Il a visé par jeu une boîte. La boîte se retourne. Il l'a atteinte du premier coup.

– François ! Ho ! François !

Me Robion qui arrive en courant, fait de grands signes avec ses bras, et crie « Arrête ! Reviens tout de suite ! ». Au même instant, un choc léger sur la main qui tient une réserve de soie prête à nourrir le moulinet. Coup d'œil rapide. Un taon, comme ceux qui harcèlent les vaches, s'est posé là. Il va piquer. Me Robion, d'une dernière détente, réussit à le chasser. Non ! Ce n'était pas un taon, c'était une grosse mouche guidée par le Gustou. L'avocat tire son fils en arrière. Sur l'autre rive, Gustou n'a pas renoncé. Il se lance dans une série d'arabesques qui font circuler en plein ciel la mouche empoisonnée et il crie : « Je vous aurai », en dardant l'insecte qui fonce vers le visage de François. Me Robion le stoppe d'un revers de canne, et le voilà qui, sur l'élan, s'enroule autour du bambou. François n'a pas eu le temps de comprendre, mais l'avocat brandit le scion en criant : « La preuve ! La voilà, la preuve ! » Là-bas le Gustou s'enfuit à longues enjambées ! Il a parlé. Le Gustou parle !

Épilogue

Ils sont attablés dans le café où tout a commencé. Ils boivent des demis, le commissaire, l'avocat et François. Ils ont grand soif. L'émotion ! Le commissaire constate :

– Il a toujours parlé, vous savez ! Il a toujours eu toute sa tête. C'était un merveilleux simulateur !

– Mais pourquoi ? demande François.

– Oh, dit le policier, n'allez pas croire qu'il a choisi de paraître faible d'esprit. Il l'est, depuis le jour où la fille qu'il aimait est morte près de lui. Imaginez le guet-apens, la fusillade, l'incendie, et puis ensuite l'hôpital, pendant des mois.

Il sait, lui, qui est celui qui a dénoncé.

– Malègues, le vieux ? dit Me Robion.

– Oui, bien sûr. Mais c'est quand même plus compliqué ! Aux yeux de Gustou, les deux qui serraient de près celle qu'il voulait pour lui, étaient aussi coupables l'un que l'autre et par malheur ils étaient aussi parmi les plus riches. Il ne pouvait rien contre eux deux réunis, mais il pouvait les lancer l'un contre l'autre, à condition de devenir celui qui ne compte plus, qu'on ne voit même plus. Et alors a commencé cette vengeance patiente, obstinée, dont vous connaissez les principaux épisodes. Il jouait le pauvre diable, faisait semblant de voir des Allemands partout, se réservant d'avoir, de sa main, la peau de l'un et de l'autre. Quand il a repéré le manège des deux agents venus pour l'expertise, il n'a pas hésité. Non. On ne vendrait pas sa ferme. Ni ses souvenirs. Il a essayé sur eux les vertus des hameçons empoisonnés. C'est tellement facile d'enduire de poison les trois branches d'un hameçon de pêche à la truite. Efficacité garantie ! Et il était résolu à écarter par tous les moyens ceux qui essayeraient de lui voler sa vengeance. Vous vous en êtes aperçus ! Mais le plus beau, je n'ai pas eu le temps de vous le raconter. Ce matin, on a fouillé la bauge de Gustou. Savez-vous ce qu'il cachait dans sa paillasse ?

– Non ! Des armes ?

– Pensez-vous. On a trouvé des millions intacts. Non seulement, il leur attirait les pires ennuis mais encore il les faisait chanter, menaçant de révéler leur dénonciation.

– Horrible ! murmure l'avocat. Je le plains de tout mon cœur. Voyez-vous commissaire, ce pauvre Gustou, c'est le type même de l'innocent coupable ! Je ne dis pas que je ne le défendrai pas !

– Allô, maman ! On rentre demain. Oh ! oui, notre séjour a été très agréable. J'ai appris à pêcher. On a rencontré des gens très intéressants. Qu'est-ce que tu veux que je te raconte ! Papa te dira que les cures, c'est très monotone. Ah ! tu as lu dans les journaux ! Bah ! On a exagéré ! Les vipères, c'est plus haut, dans le Cantal. Ici, on en a signalé deux ou trois petites. Comme partout, quoi ! Allez, à demain, maman. On t'embrasse.

– Tu es sûr que tu ne me caches rien ?

– Parole ! Tu demanderas à papa...

FOLIO JUNIOR ÉDITION SPÉCIALE

Boileau-Narcejac

La vengeance de la mouche

Supplément réalisé par
Sylvie Puech

Illustrations de Daniel Ceppi

SOMMAIRE

ÊTES-VOUS VINDICATIF ?

Œil pour œil, dent pour dent ! Certains en ont fait leur devise. Dans la vie quotidienne, avec vos parents, vos amis, à l'école, l'offense peut surgir à tout moment. Comment réagissez-vous ?
Choisissez, pour chaque question, la réponse qui vous correspond le mieux. Comptez ensuite le nombre de ❍, ❐, Δ obtenus et rendez-vous à la page des solutions.

1. *Si un ami vous offense ou vous blesse :*
A. Vous ne relevez pas l'offense ❍
B. Vous lui expliquez avec calme mais fermeté combien il vous a fait du tort ❐
C. Vous jurez en vous-même de prendre votre revanche Δ

2. *Pour vous, la vengeance est un plat qui se mange :*
A. Froid ❍
B. Tiède ❐
C. Brûlant Δ

3. *L'acte de vengeance doit :*
A. Appliquer la loi du Talion et être équivalent au préjudice subi ❐
B. Aller bien au-delà de l'offense Δ
C. Rester symbolique ❍

4. *Selon vous, la vengeance :*
A. Est une notion dépassée ❍
B. Reste marginale ❐
C. Est plus actuelle que jamais Δ

5. *Quel rôle peuvent jouer la loi et les institutions par rapport à la vengeance personnelle ?*
A. Elles doivent venger les victimes ❍
B. Elles ne servent à rien, chacun doit régler ses comptes soi-même Δ
C. La justice doit sanctionner, fixer des limites aux actes personnels, et jouer un rôle éducatif ❐

6. *Pour vous, le contraire de la vengeance, c'est:*
A. Le pardon ○
B. L'indifférence Δ
C. La réconciliation ❒

7. *Pardonner à quelqu'un, c'est:*
A. Oublier l'offense que l'on a subie Δ
B. Refuser de juger ○
C. Porter un nouveau regard sur les choses ❒

9. *Vous êtes conscient d'avoir fait du tort à quelqu'un:*
A. Vous souffrez en silence et acceptez l'idée que cette personne se venge ○
B. Tant pis, c'est la vie ! Ce genre de chose peut arriver à tout le monde Δ
C. Vous décidez de vous expliquer avec la personne que vous avez blessée ❒

8. *Comment réagir par rapport aux événements douloureux qui ont marqué l'histoire et qui sont,* a priori, *impardonnables et irréparables?*
A. Les effacer, les oublier, ne plus jamais en parler ○
B. Garder en soi une rancune éternelle, ne jamais pardonner Δ
C. Essayer de pardonner sans toutefois oublier ❒

10. *Que pensez-vous de l'acte de vengeance de Gustou?*
A. Il a eu raison; à sa place, vous en auriez fait autant Δ
B. Il a eu tort; sa vengeance est inutile et il a gâché sa vie ❒
C. Vous ne savez qu'en penser: ce genre de problème appartient à l'histoire ○

Solutions page 141

1
AU FIL DU TEXTE

PREMIÈRE PARTIE (chap. 1 à 4)

Dix questions pour commencer

Ce questionnaire porte sur les quatre premiers chapitres de ce livre. Répondez-y sans consulter le texte. Rendez-vous ensuite à la page des solutions... Vous découvrirez peut-être que vous avez l'étoffe d'un limier ou la curiosité affûtée d'un grand reporter!

1. *La rivière qui coule à Chaudes-Aigues est:*
A. L'Alagnon
B. La Truyère
C. L'Allier

---

2. *La Margeride est:*
A. Une rivière d'Auvergne
B. Une petite ville près de Clermont-Ferrand
C. Un plateau du sud de l'Auvergne

---

3. *François compare le moulinet du pêcheur à:*
A. Une arme
B. Un serpent qui mord le poisson à la gorge
C. La roulette russe

---

4. *Qu'est-ce qui séduit François dans la pêche?*
A. Être en pleine nature
B. Le sang-froid et la maîtrise des pêcheurs
C. La perspective de déguster une truite grillée

---

5. *Le corps de la victime a été découvert:*
A. Au bord de la nationale
B. Près du radier
C. Flottant dans l'eau

---

6. *Quel détail laisse penser que la victime était un touriste?*
A. Il portait une paire de jumelles suspendues à son cou
B. Il tenait un livre à la main
C. Il avait un filet à papillons

---

7. *Les poils de la mouche artificielle sont faits de:*
A. Poils de lapin
B. Plumes de coq
C. Poils du campagnol-cantelou

---

8. *D'après Mousseron, les professionnels peuvent lancer jusqu'à:*
A. 5,50 m
B. 18 m
C. 45,50 m

9. *Quel est le nom de femme gravé sur la pierre tombale que vient honorer Gustou?*
A. Yvette Chazeau
B. Simone Laborie
C. Madeleine Chapuis

10. *D'après Me Robion, le motif principal de la dénonciation du groupe de maquisards serait:*
A. La peur
B. La jalousie
C. L'intérêt

Solutions pages 141

Apprentissages

La Vengeance de la mouche raconte aussi les appréhensions, les difficultés, le bonheur et l'exaltation d'un apprentissage : celui de la pêche.

1. Reconstituez les étapes de l'apprentissage de François. Quels sentiments font suite à son premier coup de cœur pour la pêche ? Que préfère-t-il d'abord entre la théorie et la pratique ? Comment François s'entraîne-t-il ? A votre avis, Masseron est-il bon pédagogue ?

2. Expliquez ces termes désignant des techniques de pêche : le lancer (p. 17), la mouche sèche (p. 17), la pêche à la volante (p. 20), la mouche noyée (p. 49-51). Connaissez-vous les expressions suivantes ? Donnez-en la signification :
« Avant d'apprendre à fouetter » (p. 20), « Il faut ferrer au 25e de seconde » (p. 20), « Il vient d'y avoir un gobage » (p. 27), « Elle moucheronne gaiement » (p. 35), « Le fil ne doit ni draguer ni riper » (p. 50).

3. Notez comment, peu à peu, François se laisse emporter par le goût de la pêche, combien il s'applique.
Quel conseil bien particulier Masseron donne-t-il à François pour l'aider à progresser ? L'apprentissage est-il chose facile ?

4. Quels sont les propos de François en observant un pêcheur en action à la télévision ? Alors qu'il vient de pêcher sa première truite, sa satisfaction est-elle uniquement intellectuelle ?

Province et petit commerce

Les romans de Boileau-Narcejac se déroulent souvent en province. La province « offre des individus et non des types », note F. Lacassin à propos de leurs œuvres (*Mythologie du roman policier*). « Elle favorise une intrigue collant étroitement à la réalité sociale régionale, où les caractères d'exception sont écartés au profit de personnages d'une définition sociale couvrant la moyenne et petite bourgeoisie et jusqu'aux employés, ouvriers spécialisés, artisans et assimilés : marins ou pêcheurs... »

1. En quoi les toutes premières scènes du roman sont-elles représentatives d'une atmosphère de province ? Retrouvez les thèmes des discussions. Aimez-vous cette ambiance ? Pourquoi ?

2. Quel est le but de la réunion provoquée par l'instituteur à la mairie ? Pensez-vous qu'elle pourrait avoir lieu dans une métropole ? (p. 65) Les passions et les haines pourraient-elles s'y développer avec autant d'intensité ? (p. 95) Citez d'autres romans qui ont pour cadre la province.

3. François compare Masseron à un personnage de Balzac, César Birotteau. Retrouvez les passages où Masseron fait preuve de tout son talent de commerçant et faites l'inventaire de sa boutique. Quels sont ses procédés pour attirer le chaland ? Me Robion est-il un client méfiant ? Que pense-t-il de Masseron ?

Les serpents

Boileau et Narcejac se livrent (p. 11-12) à une longue et remarquable description des serpents.
Jules Renard, lui, est beaucoup plus bref dans ses *Histoires naturelles*. Il écrit simplement ceci :

« I. Trop long
II. La dix-millionième partie du quart du méridien terrestre. »

1. A votre tour, et selon les images qu'il vous inspire, faites avec concision un portrait de l'animal.

2. Sauriez-vous identifier les serpents suivants ?

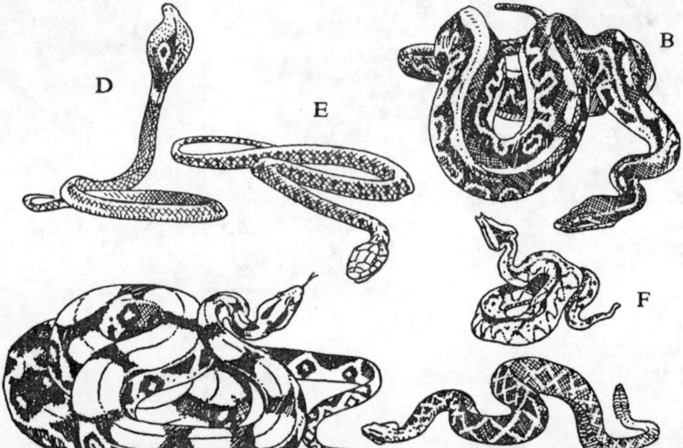

1. Boa - 2. Vipère - 3. Python - 4. Serpent à sonnette ou crotale - 5. Couleuvre - 6. Naja à lunettes.

3. Le terme de vipère peut être aussi employé au sens figuratif. Qui est la vipère dans ce roman ?
Connaissez-vous ce célèbre roman de la littérature française contemporaine dont le titre comporte le mot « vipère », et où il est question de haine entre un jeune garçon et une mère bien peu aimante ? Donnez-en le titre et l'auteur.

Solutions page 142

DEUXIÈME PARTIE (chap. 5 à 7)

Dix questions pour continuer

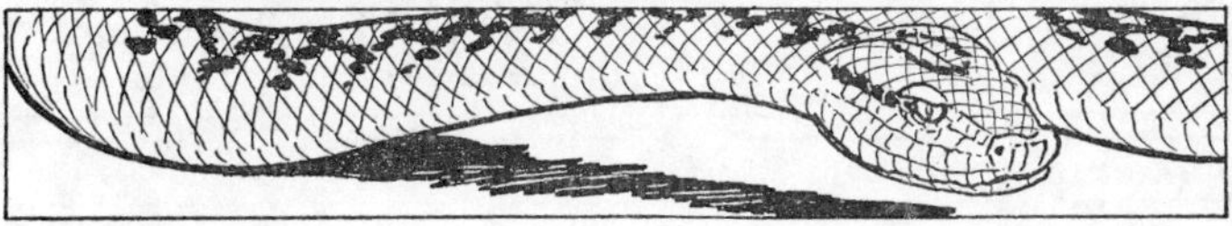

1. *Le serpent du supermarché s'est dissimulé :*
A. Parmi les ceintures en fausse écaille
B. Parmi les boîtes de petits pois
C. Au rayon des fruits

2. *Comment Gustou s'empare-t-il de la vipère ?*
A. A l'aide d'une sorte de tire-bouchon ou pince à cornichons
B. En l'appâtant avec un mulot
C. En lâchant sa couleuvre

3. *Qui a renseigné Me Robion sur la mésentente Villadieu-Malègues ?*
A. Villadieu lui-même
B. Lapouge, le correspondant de *La Montagne*
C. L'institutrice en retraite, Germaine Veyre

4. *Quelle est l'origine de ce conflit ?*
A. Des querelles de fermiers concernant des terres contiguës
B. Une rivalité autour de Simone Laborie
C. Une histoire d'argent

5. *A qui Me Robion compare-t-il le duo Villadieu- Malègues ?*
A. A Castor et Pollux
B. Aux Capulet et aux Montaigu
C. Aux Horaces et aux Curiaces

6. *Quel(s) trait(s) la seconde victime possède-t-elle en commun avec la première ?*
A. Elle est morte près de la rivière
B. On lui a dérobé ses papiers d'identité
C. Elle était en possession de jumelles

7. *Quel fait amène Me Robion à penser que sa présence et celle de son fils gênent quelqu'un ?*
A. Il reçoit une lettre anonyme
B. Des menaces téléphoniques
C. Des plaintes parmi la population

8. *Quel indice permet de penser que la seconde victime a été empoisonnée ?*
A. On a retrouvé des traces de poudre à côté du corps
B. Une trace sur le bras indique qu'on lui a injecté un poison
C. Son visage était convulsé

9. *Gustou fleurit la tombe de Simone Laborie :*
A. Une fois l'an
B. Presque tous les jours
C. Au moins une fois par mois

10. *Où ont été fusillés les derniers survivants du maquis de Ruynes ?*
A. Sur la place du village
B. Près de la maison de Gustou
C. Dans la cour du château du vieux Malègues

Solutions page 142

Insaisissable Gustou

Gustou est une figure étrange, « insaisissable », comme le présente Masseron.

a) D'après les dires de tous, vit-il dans le présent ? Donnez des exemples précis.
b) A-t-il, aux yeux de la population, figure humaine ? D'autre part, que dit-on du lieu où il réside ? Notez tous les qualificatifs employés.
c) Quel rapport entretient-il avec les serpents ? Quel genre d'animaux sont-ils symboliquement ?
d) En des temps plus reculés, hormis le rôle d'idiot du village, quel personnage aurait-il pu être ?

Expliquez aussi comment il peut être à la fois victime et manipulateur, comment il a mis toute sa force de caractère et son intelligence au service d'une vengeance. Quelle expression Me Robion emploie-t-il à son sujet à la fin du livre ?

A bâtons rompus

On peut écouter distraitement les propos de l'un ou de l'autre... jusqu'au jour où tel commentaire vous revient en mémoire, souvent révélateur d'une personnalité, quand il ne constitue pas un indice au cours d'une enquête. Retrouvez les auteurs de ces phrases.

1. « La difficulté, c'est de retenir l'ensemble des événements éparpillés et sans rapport entre eux. »

2. « Ce qui est défendu d'une main est permis de l'autre. »

3. « Vous voyez à quel point nous sommes victimes de nos terreurs imaginaires. »

4. « Ils acceptent le touriste, mais ne supportent pas l'étranger. »

5. « C'est le fils de l'avocat. Ils se croient très malins, ces Parisiens. »

6. « La légende s'est substituée à l'Histoire. Les faits les plus simples sont arrangés, déformés. »

7. « Une seule consigne, se tenir loin, surveiller le sol autour de soi et surtout ne pas céder à la panique. »

8. « Quand les conflits s'aggravent, les vieilles querelles remontent à la surface. »

9. « Les bruits en tapinois, vous savez, c'est la grande distraction ici. »

10. « Quand la vie se met à ressembler à un roman, il y a quelque part un truc à découvrir comme dans les tours de prestidigitateur. »

Solutions page 143

Victoire sur la peur

Ce récit est aussi celui d'une rencontre avec la peur. Peu à peu, et non sans difficultés, François apprend à surmonter sa terreur des serpents.
Retrouvez de mémoire les épisodes mentionnés.

1. La première rencontre : où François a-t-il vu des serpents pour la première fois ? Qu'a-t-il entendu dire d'effrayant à leur sujet ?

2. Malaise : la première partie de pêche de François est quelque peu gâchée lorsque Masseron écrase une vipère. A cet instant, François ne ressent-il que de la peur ? Pourquoi ?

3. La part de l'imaginaire : lorsque François se promène, il est constamment la proie d'angoisses et de phobies plus ou moins imaginaires. Décrivez-les. Comment s'efforce-t-il de les tromper ?

4. Face à face : au cimetière, la présence de François importune soudain un serpent. Le garçon cherche-t-il à s'enfuir ? En quoi son comportement est-il en train de se modifier ? Que lui dit son père ?

5. Au supermarché : François assiste au spectacle de Gustou capturant la vipère du supermarché.
Par quoi l'attention de François est-elle, cette fois, monopolisée ? En quoi cela peut-il le détourner de sa peur ?

6. La bonne idée de l'instituteur : puisqu'il faut fréquenter les vipères, autant s'en accommoder le mieux possible, plutôt que de vivre un cauchemar permanent. Que décide-t-il d'organiser ? Comment s'y prend-il pour « démonter » la peur des participants ? Qu'est-ce qui pousse François à toucher la vipère ? Quelles sont ses sensations ?

7. Quel épisode illustre sa prochaine victoire sur l'animal vivant ?

TROISIÈME PARTIE (chap. 8 à la fin)

Dix questions pour conclure

1. *Quelle est la principale caractéristique de Chaudes-Aigues ?*
A. Il y coule une rivière souterraine d'eau bouillante
B. La température y est en toute saison plus élevée que partout en France
C. La ville possède un parc animalier où les serpents vivent en liberté

2. *Quelle est la thèse du journaliste Lapouge à propos du meurtre sans empreintes ?*
A. L'assassin a effacé ses traces sur le sable
B. La victime a été tuée en un autre lieu, et le meurtrier, en passant par la rivière, l'a ramenée au bord de l'eau
C. Une bagarre a éclaté exactement en bordure du rivage

3. *La thèse de l'espion et des services secrets est avancée par :*
A. François
B. Mousseron
C. Me Robion

4. *La seconde victime a été empoisonnée par :*
A. De la cyanine
B. De l'hyosciamine
C. De la napeline

5. *Qui sont les deux morts ?*
A. Deux espions envoyés par la DST
B. Des touristes en vacances
C. Deux employés d'un consortium immobilier

6. *A l'origine du raid contre Ruynes, il y eut :*
A. Une lettre de dénonciation
B. Un coup de fil anonyme
C. La visite d'un traître à la Kommandantur de Saint-Flour

7. *Qui a dénoncé les résistants ?*
A. Gustou
B. Le vieux Malègues
C. Villadieu

8. *Comment Me Robion a-t-il la preuve de la culpabilité de Gustou ?*
A. Gustou a parlé
B. Un témoin l'a reconnu
C. La mouche qu'il lançait était empoisonnée

9. *Gustou vivait :*
A. Au village
B. Dans les dépendances de la propriété de Villadieu
C. Dans les ruines de la ferme où il s'est battu

10. *Laquelle de ces expressions pourrait illustrer le roman ?*
A. Quelle mouche l'a donc piqué ?
B. La mouche du coche
C. Il ne ferait pas de mal à une mouche

Solutions page 143

Justes mots pour la justice

Imaginez la suite du roman : Gustou est arrêté, envoyé en détention préventive jusqu'à la date de son procès. Un journaliste local rédige un compte rendu des débats. Mais certains mots manquent. Aidez-le à compléter son « papier ».

Un procès aux ......
du palais de ...... de Limoges

« Messieurs, la ......! »
Le ...... pénètre dans la ......, suivi des autres .... Ils portent des ...... noires. Les parents des victimes sont présents, ainsi que le ...... et, bien sûr, leurs .... Quant au ......, composé de neuf citoyens tirés au sort, il est là. Tous les ...... ont bien sûr prêté serment.
Le ...... lit l'arrêt de renvoi, c'est-à-dire la décision de la chambre d'accusation qui retrace les circonstances de l'affaire et la personnalité de l'accusé.
Le ...... mène les débats et procède aux .... Ensuite, la parole est donnée aux avocats des familles des victimes et à celui de l'accusé. Ceux-ci entament de longues ......
Quand tous ont été entendus, la cour d'assises se retire dans la ...... pour .... Les magistrats reviennent en salle d'audience pour annoncer à l'accusé la décision. L'audience criminelle est alors terminée.

greffier - assises - plaidoierie - justice - jury - prévenu - cour - jurés - président - salle de délibérations - interrogatoires - délibérer - juge - avocats - magistrats - robes - salle d'audience.

Solutions page 143

Résister

Pour certains, la Résistance est née de l'appel du 18 juin 1940 lancé par le général de Gaulle à Londres. Pour d'autres, ce fut un mouvement spontané rallié à la France libre. Un troisième groupe de résistants a vu dans ce mouvement « une guerre de libération nationale » et « un combat révolutionnaire ».
Enfin, les militaires de l'armée d'armistice reconstituée par Vichy en zone sud se sont considérés comme les seuls résistants authentiques. Longtemps fidèles à Pétain, ils sont restés suspects aux yeux des autres résistants.

Le mouvement a connu plusieurs vagues : d'abord, les résistants de la première heure, rejoints par un grand nombre après juin 41, notamment les communistes. Nouvelle arrivée après les grandes rafles antisémites de l'été 42, et présence des militaires après l'invasion de la zone sud en novembre 42. La dernière vague devait être celle des réfractaires du STO (service du travail obligatoire) en 1943. Le STO a fourni un grand nombre d'hommes aux maquis.

1. Vous souvenez-vous comment, dans le roman, Me Robion en est venu à enquêter sur le maquis de Ruynes ? Quel fait a provoqué cette enquête ?

2. Quelle idée de la Résistance donnent les pages 60 et 146 ? A votre avis, s'agissait-t-il d'un mouvement homogène et bien structuré ?

3. D'après Boileau-Narcejac, en quelle année ce groupe de résistants aurait-il pris le maquis? Combien d'anciens résistants du maquis de Ruynes ont-ils survécu?

Roman à quatre mains

L'une des formidables originalités de Pierre Boileau et Thomas Narcejac fut d'écrire leurs romans en étroite collaboration. Écoutons-les s'expliquer sur leurs méthodes de travail.

« *Comment vous partagez-vous l'ouvrage?*

Thomas Narcejac: Il y a évidemment un certain partage des tâches. Disons que Boileau est le scénariste et que je suis le réalisateur. Il bâtit le squelette du livre, il accumule les notes et les détails, il fait un dossier. Moi, j'écris; à la machine.

Pierre Boileau: Parfois, mon plan préparatoire est plus épais que le manuscrit final de Narcejac.

Thomas Narcejac: En fait, c'est un peu plus complexe qu'on pourrait le croire. Il y a entre nous une conversation permanente et nous intervenons volontiers l'un dans le travail de l'autre et inversement. (...)

Vous inventez vos sujets?

Pierre Boileau: Complètement. Nous inventons tout, mais nous vérifions soigneusement tel point d'histoire ou tel aspect de tel métier pour éviter tout anachronisme ou toute invraisemblance. Ce qui implique que notre travail n'a rien à voir avec l'improvisation d'un « polar » industriel. (...)
Je lui propose une intrigue. Il la passe aussitôt au banc d'essai. Cela signifie qu'il éprouve chaque personnage, qu'il le confronte avec le comportement prévu par le plan initial. Le résultat, cela va sans dire, n'est jamais favorable à 100 %. Il y a ce qui colle d'emblée, ce qui est plus ou moins acceptable, et ce que Narcejac repousse obstinément: « Caractère inadmissible... situation trop arbitraire... » C'est ici que commence la lutte. Au fond, ce qui intéresse le plus Narcejac, ce sont les êtres,

ce sont les héros plus ou moins malheureux, plus ou moins menacés de nos histoires. Moi, ce qui me passionne, c'est au contraire de construire une intrigue bien insolite, bien mystérieuse, bien inquiétante. Et chacun s'accroche à son os. On lâche du lest, évidemment, sans quoi on ne s'en sortirait pas. Mais c'est à qui en lâchera le moins possible. »

Francis Lacassin
Boileau-Narcejac,
© Laffont

1. *La Vengeance de la mouche* n'échappe pas à la règle. Fort de leurs explications, vous vous replongerez dans ce récit, en essayant de répartir le travail entre Boileau et Narcejac. Pour l'un, vous ferez un plan de l'intrigue, et pour l'autre des fiches pour chaque personnage avec une étude détaillée de leur psychologie.

2. Vous pouvez aussi tenter à deux de rédiger une brève nouvelle en vous répartissant les rôles.

3. Enfin, si, comme Narcejac, vous aimez pasticher les auteurs, reprenez un ou plusieurs chapitres du récit, que vous reconstruirez différemment. Donnez au roman un autre dénouement. Attention, Boileau et Narcejac ne se laissent pas facilement détrôner. Vous devrez faire preuve d'une très grande rigueur, d'esprit logique, d'imagination et de finesse et, bien sûr, de qualités littéraires.

2
JEUX ET APPLICATIONS

On commence à voir qu'il entre dans la composition d'un bel assassinat quelque chose de plus que deux imbéciles, l'un qui tue, l'autre qui est tué, un couteau, une bourse et une allée obscure. Le dessein d'ensemble, messieurs, le groupement, la lumière et l'ombre, la poésie, le sentiment sont maintenant tenus pour indispensables dans des essais de cette nature...

Thomas de Quincey,
De l'assassinat considéré comme un des Beaux-Arts, 1827

Polar et cinéma

Si vous êtes un peu cinéphile et un peu lecteur, vous saurez certainement relier ces films avec les auteurs des romans dont ils sont tirés. Attention, vous risquez de trouver deux films, œuvres d'un même auteur.

1. *Le Port de l'angoisse*, Howard Hawks - **2.** *L'Ami américain*, Wim Wenders - **3.** *Arsène Lupin contre Arsène Lupin*, Edouard Molinaro - **4.** *Le Mystère de la chambre jaune*, Marcel L'Herbier - **5.** *Max et les ferrailleurs*, Claude Sautet - **6.** *Double Meurtre dans la rue Morgue*, Robert Florey - **7.** *Borsalino*, Jacques Deray - **8.** *Maigret et l'Affaire Saint-Fiacre*, Jean Delannoy - **9.** *L'Assassinat du père Noël*, Christian-Jaque - **10.** *La Maison du Dr Edward*, Alfred Hitchcock - **11.** *Les Diaboliques*, Henri Georges Clouzot - **12.** *Sueurs froides*, Alfred Hitchcock - **13.** *Le Grand Sommeil*, Howard Hawks - **14.** *Dix Petits Nègres*, René Clair - **15.** *Rebecca*, Alfred Hitchcock - **16.** *Le Chien des Baskerville*, Sidney Landfield - **17.** *Tirez sur le pianiste*, François Truffaut - **18.** *ABC contre Poirot*, Frank Tashlin - **19.** *Quai des Orfèvres*, Henri Georges Clouzot - **20.** *Le Parfum de la dame en noir*, Marcel L'Herbier

A. Stanislas André Steeman - **B.** Agatha Christie - **C.** Sir Arthur Conan Doyle - **D.** Georges Simenon -

E. Boileau-Narcejac (paru sous le titre *Celle qui n'était plus*) - **F.** Gaston Leroux - **G.** Daphné du Maurier - **I.** Francis Beeding - **J.** Raymond Chandler - **K.** Boileau-Narcejac (paru sous le titre *D'entre les morts*) - **L.** Ernest Hemingway - **M.** Maurice Leblanc - **N.** Edgar Allan Poe - **O.** Eugène Saccomano - **P.** Pierre Véry - **Q.** Patricia Highsmith (paru sous le titre *Ripley s'amuse*) - **S.** Claude Néron - **T.** David Goodis

Solutions page 144

Ça mord !

Peut-être les aventures de François vous ont-elles donné le goût de la pêche. En eau douce ou en mer, sachez quand même identifier vos proies.

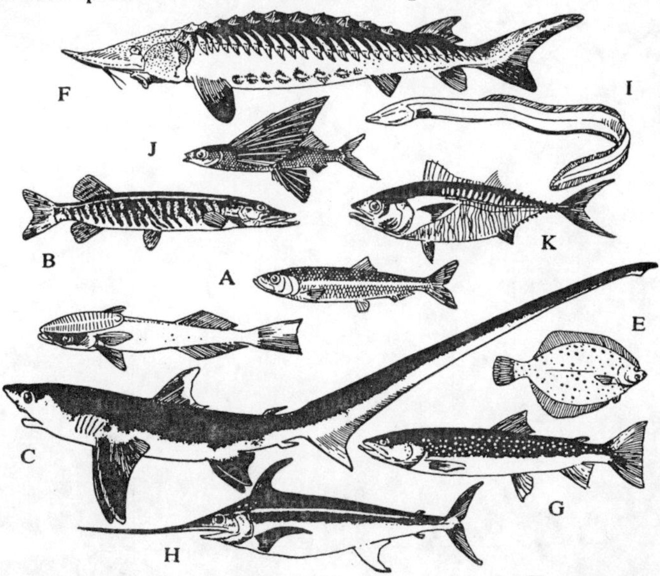

1. Brochet - 2. (Echeneide) Rémora - 3. Esturgeon - 4. Squale renard - 5. Hareng - 6. Exocet - 7. Anguille - 8. Thon à ailes courtes - 9. Espadon - 10. Limande - 11. Saumon omble

Solutions page 144

Le procédé criminel

Pour compléter la grille ci-dessous, aidez-vous des commentaires suivants, et vous découvrirez différentes méthodes criminelles.

1. On a retrouvé la cravate du suspect - 2. On dit que la méthode est typiquement féminine - 3. C'est ainsi que Violette Nozières tua son père - 4. Plus efficace lorsqu'elle est glacée - 5. Mieux vaut être médecin pour en faire usage. L'une des deux peines capitales en cours aux États-Unis - 6. Sous l'oreiller! - 7. Ce fut aussi la peine capitale en Grande-Bretagne jusqu'en 1965 - 8. ... et blessures - 9. C'est ainsi que les Américains condamnent leurs criminels à mort - 10. Les derniers à l'avoir connue sont les criminels Buffet et Bontemps

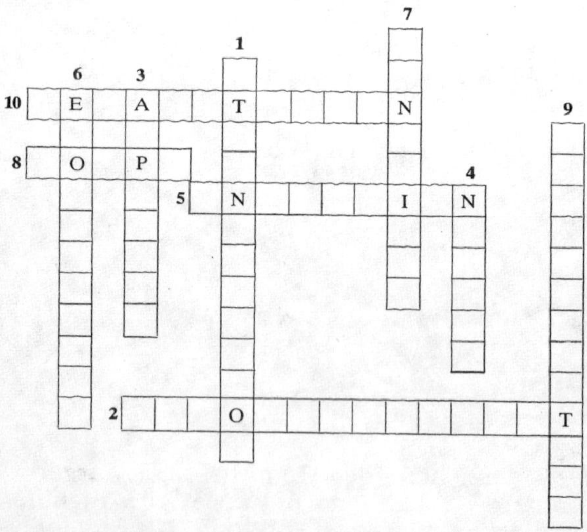

Solutions page 144

Gustave et les autres

Le viaduc de Garabit (3 248 tonnes, 1882) est l'une des plus imposantes réalisations de Gustave Eiffel. Mais celui-ci conçut et fit réaliser bien d'autres ouvrages. Retrouvez-en certains parmi ces réalisations architecturales. Identifiez également les autres constructions et leurs architectes.

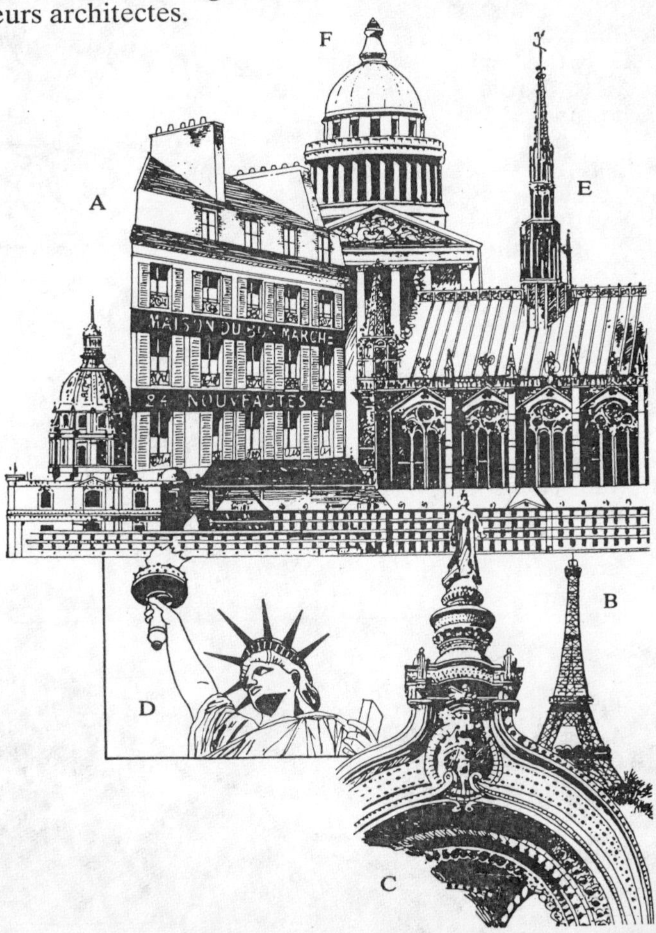

Solutions page 144

Personnages en quête d'auteur

Saurez-vous reformer ces couples que la littérature a unis pour toujours ?

1. Arsène Lupin
2. Hercule Poirot
3 Commissaire Maigret
4. Philip Marlowe
5. Billy the Kick
6. Miss Marple
7. Dupin
8. Watson
9. Tom Ripley
10. Cercueil et Fossoyeur
11. Fantômas
12. Nestor Burma

A. Agatha Christie
B. Jean Vautrin
C. Chester Himes
D. Sir Arthur Conan Doyle
E. Gaston Leroux
F. Edgar Poe
G. Georges Simenon
H. Maurice Leblanc
I. Souvestre et Allain
J. Patricia Highsmith
K. Raymond Chandler
L. Léo Malet

Solutions page 144

3
LES HAINES ANCESTRALES ENTRE FAMILLES...

Colomba

Au XIX*e siècle, la vendetta, la vengeance corse, née de ces haines anciennes, creuse des torrents de sang entre les familles. Fidèle aux traditions ancestrales, la très belle Colomba, au tempérament de feu, conduira son frère Orso à réparer l'outrage.*

« C'est pour me conformer au précepte d'Horace que je me suis lancé d'abord *in medias res.* Maintenant que tout dort, et la belle Colomba, et le colonel, et sa fille, je saisirai ce moment pour instruire mon lecteur de certaines particularités qu'il ne doit pas ignorer, s'il veut pénétrer davantage dans cette véridique histoire. Il sait déjà que le colonel della Rebbia, père d'Orso, est mort assassiné ; or on n'est pas assassiné en Corse, comme on l'est en France, par le premier échappé des galères qui ne trouve pas de meilleur moyen pour vous voler votre argenterie : on est assassiné par ses ennemis ; mais le motif pour lequel on a des ennemis, il est souvent fort difficile de le dire. Bien des familles se haïssent par vieille habitude, et la tradition de la cause originelle de leur haine s'est perdue complètement.

La famille à laquelle appartenait le colonel della Rebbia haïssait plusieurs autres familles, mais singulièrement celle des Barricini ; quelques-uns disaient que, dans le XVIe siècle, un della Rebbia avait séduit une Barricini, et avait été poignardé ensuite par un parent de la demoiselle outragée. A la vérité, d'autres racontaient l'affaire différemment, prétendant que c'était une della Rebbia qui avait été séduite, et un Barricini poignardé. Tant il y a que, pour me servir d'une expression consacrée, il y avait du sang entre les deux maisons. Toutefois, contre l'usage, ce meurtre n'en avait pas produit d'autres ; c'est que les della Rebbia et les Barricini avaient été également persécutés par le gouvernement génois, et les jeunes gens s'étant expatriés, les deux familles furent privées, pendant plusieurs générations, de leurs représentants énergiques. A la fin du siècle dernier, un della Rebbia, officier au service de Naples, se trouvant dans un tripot, eut une querelle avec des militaires qui, entre autres injures, l'appelèrent chevrier corse; il mit l'épée à la main; mais, seul contre trois, il eût mal passé son temps, si un étranger, qui jouait dans le même lieu, ne se fût écrié : "Je suis corse aussi !" et n'eût pris sa défense. Cet étranger était un Barricini, qui d'ailleurs ne connaissait pas son compatriote. Lorsqu'on s'expliqua, de part et d'autre, ce furent de grandes politesses et des serments d'amitié éternelle; car, sur le continent, les Corses se lient facilement; c'est tout le contraire dans leur île. On le vit bien dans cette circonstance : della Rebbia et Barricini furent amis intimes tant qu'ils demeurèrent en Italie; mais de retour en Corse, ils ne se virent plus que rarement, bien qu'habitant tous les deux le même village, et quand ils moururent, on disait qu'il y avait bien cinq ou six ans qu'ils ne s'étaient parlé. »

Prosper Mérimée,
Colomba

Avril brisé

Au début du XX*e siècle, sur les hauts plateaux d'Albanie, les montagnards vivent encore suivant les vieilles coutumes ancestrales.*
Gjorg, le jeune fils du clan des Berisha, vient de venger son frère en tuant son meurtrier. Il se prend à rêver à ces familles heureuses qui n'ont jamais connu la haine ni l'obligation d'obéir aux règles terribles du Kanun *(qui régit le droit coutumier) qui conduit à perpétrer la vendetta.*

« Hors de la loi du sang… Il faillit laisser échapper un soupir. Comment devait être la vie dans ces familles ? Comment se réveillaient les gens le matin et comment s'endormaient-ils le soir ? Cela lui semblait quasi incroyable, tout aussi lointain peut-être que la vie des oiseaux. Et pourtant de telles maisons existaient. En fin de compte, cet état avait été aussi celui de sa propre maison soixante-dix ans auparavant, jusqu'à cette fatale nuit d'automne où un homme avait frappé à leur porte.

Son père, qui la tenait lui-même du sien, lui avait raconté l'histoire de leur inimitié avec les Kryeqyqe. C'était une histoire jalonnée de vingt-deux tombes de part et d'autre, en tout quarante-quatre, avec des phrases lapidaires prononcées avant les meurtres, mais plus encore avec des silences qu'avec des mots, avec des sanglots, avec un râle pesant, qui empêche l'expression d'une dernière volonté, avec trois chants d'un rhapsode, dont l'un s'est éteint par la suite, avec une tombe de femme tuée par mégarde et indemnisée selon toutes les règles, avec les hommes des deux camps enfermés dans la tour de claustration, avec une tentative de réconciliation qui avait échoué au dernier moment, avec un meurtre au cours d'une noce, avec l'octroi d'une courte et d'une longue trêve, avec un cri : “ un tel des Berisha a tiré sur un tel des Kryeqyqe ” ou, au contraire, avec des torches, des allées et venues dans le village, et ainsi de suite jusqu'à cet après-midi du 17 mars, où le tour de Gjorg était venu d'entrer dans la danse macabre. »

Ismaïl Kadaré,
Avril brisé,

Roméo et Juliette

Quand l'Amour vient troubler la haine tranquille que se vouent depuis la nuit des temps Montaigu et Capulet, alors le destin ne s'en montre que plus cruel. C'est à leurs dépens que l'apprendront Roméo et Juliette en cette soirée de bal masqué donnée par les Capulet.

LA NOURRICE

« Madame, votre mère voudrait beaucoup vous parler.

ROMÉO

Qui est sa mère ?

LA NOURRICE

Par Notre-Dame, jeune homme,
Sa mère est la maîtresse de la maison
Et c'est une digne dame, aussi sage que vertueuse;

Quant à moi j'ai nourri sa fille, à qui vous parliez,
Et laissez-moi vous dire que celui qui l'attrapera
Aura aussi les gros sous.

ROMÉO

Elle, une Capulet ?
Ô coûteuse créance !
Ma vie est au pouvoir de mon ennemi.

BENVOLIO

Partons. Nous avons eu le meilleur.

ROMÉO

Oui, je le crains ; le surplus sera ma souffrance.

CAPULET

Oh, non, messieurs, ne songez pas à partir !
Nous allons faire une ombre de souper,
Un rien… Vous êtes résolus ? Alors, merci,
Merci à tous, dignes seigneurs, et bonne nuit.
Des torches par ici, d'autres torches. Vite !

On apporte des torches.

Et toi, mon vieux, au lit. Par Dieu, il se fait tard.
Je vais me reposer.

Tous sortent, sauf Juliette et la nourrice.

JULIETTE

Nourrice, viens. Quel est ce gentilhomme, là-bas ?

LA NOURRICE

Le fils du vieux Tiberio – et son héritier.

JULIETTE

Et celui-là qui sort maintenant ?

LA NOURRICE

Dieu, ça doit être le jeune Petruchio.

JULIETTE

Et celui qui va derrière, celui qui ne dansait pas ?

LA NOURRICE

Je n'en sais rien.

JULIETTE

Va demander son nom…

La nourrice s'éloigne.

S'il est marié,
Le tombeau va être mon lit de noces.

LA NOURRICE

Son nom est Roméo, c'est un Montaigu,
C'est le seul fils de votre grand ennemi.

JULIETTE, *bas.*

Ô mon unique amour, né de ma seule haine !
Inconnu vu trop tôt, reconnu trop tard !
Dois-je naître à l'amour par si grand prodige
Qu'il faille que je m'offre à mon ennemi ? »

William Shakespeare,
Roméo et Juliette

Jeux interdits

Depuis combien de temps les fermiers Dollé et Ganard sont-ils brouillés, nul ne saurait le dire. En ce printemps 1940, Paulette, qui vient de rencontrer le jeune Michel après la mort de ses parents sur la route de l'exode, va découvrir un petit monde bien agité…

« Les deux gosses hurlant, la vache meuglant, le chien Ganard aboyant, dévalèrent dans la cour de la ferme, en une galopade effrénée. La vache se dirigea d'elle-même vers son étable, suivie de Paulette et Michel, et le chien Ganard raidit soudain ses pattes de devant et s'arrêta net au milieu de la cour. Sur le seuil de sa niche un chien

Dollé venait de se dresser, belliqueux. Les deux adversaires se mesurèrent du regard quelques minutes, puis le chien Dollé s'élança.Il y eut un grand remous de poussière, quelques grognements rageurs, puis ce fut une cavalcade tumultueuse tout autour de la cour. Les chiens couraient, stoppaient, jouaient des pattes, de la queue, des oreilles, sautaient, frappaient, mordaient. Le chien Ganard poussa soudain un hurlement déchirant, et les deux chiens firent trois tours sur eux-mêmes, pattes et queues entremêlées.

Le père Dollé surgit au pas de la porte.

– Qu'est-ce qu'il f... là ce chien de cocu?

Puis il s'arma d'un gourdin appuyé au mur et partit à grandes enjambées vers les belligérants.Une seconde il hésita, ne pouvant reconnaître sous un même vêtement de poussière son chien Dollé du chien Ganard, puis, la bête identifiée, il la rossa vigoureusement. Le chien Ganard hurla de plus belle, et le père Ganard apparut à son tour au seuil de sa maison.

– Eh Dollé! Qu'est-ce qu'il t'a fait mon chien?

– Il gueule! Et ya un blessé chez moi!

– Un blessé! Tu veux donc le faire crever?

– C'est bon pour toi de faire crever les gens!

– Je fais crever les gens, moi? Qui c'est qu'a la médaille de sauvetage? C'est toi ou moi?

Le père Dollé resta figé.

– Qui c'est qu'a repêché ta grand-mère quand elle avait le cul dans l'eau jusqu'aux yeux? C'est toi ou moi? Qui c'est qu'avait la trouille de la repêcher? C'est toi ou moi?

Le père Dollé jugea qu'il était inutile de discuter avec Ganard et revint vers sa porte en grommelant:

– La médaille... la médaille... »

François Boyer,
Jeux interdits,

4
SOLUTIONS DES JEUX

Êtes-vous vindicatif?

(p. 115)

Si vous obtenez une majorité de Δ: Certes, vous avez raison de vouloir qu'autrui vous respecte... mais vous pouvez certainement vous y prendre autrement. D'ailleurs, jusqu'où cet esprit de vengeance va-t-il vous mener? Et combien de temps perdu à ruminer dans l'amertume! Ne vaudrait-il pas mieux mettre cette énergie exceptionnelle qui brûle en vous au service d'idées plus positives? Efforcez-vous de voir les choses sous un autre angle. Ne vous murez pas dans le silence, expliquez-vous, et souriez un peu plus à la vie!

Si vous obtenez une majorité de ❐ : Par moments, vous cultivez la rancune et vous jurez que l'offenseur verra bientôt son heure arriver; à d'autres instants, vous préférez faire comme si de rien n'était. Et comme vous n'aimez pas vous encombrer l'esprit avec trop de soucis, vous avez parfois tendance à nier la réalité. Attention cependant à ne pas verser dans l'indifférence, celle qui vous ferait trop vite oublier. Sachez que cette indifférence peut être un « état qui tue en silence ».

Si vous obtenez une majorité de ❍ : Vous êtes un optimiste doublé d'un réaliste. Parfaitement conscient des situations qui vous outragent ou vous sont douloureuses, vous n'oubliez jamais. Mais vous préférez voir les choses sous un jour plus heureux, vous croyez que les gens peuvent changer, vous n'avez pas de rancœur. Vous savez prendre de la distance face aux événements, les reconsidérer avec un regard neuf, et vous tourner vers l'avenir.

Dix questions pour commencer

(p. 117)

1 : A (p. 13) - 2 : C (p. 14) - 3 : A (p. 19) et B (p. 20) - 4 : B (p. 18) - 5 : B (p. 24) - 6 : A (p. 22) - 7 : B (p. 24) - 8 : C (p. 29) - 9 : B (p. 43) - 10 : B (p. 47)

Si vous obtenez de 8 à 10 bonnes réponses : vous avez lu avec une grande attention les quatre premiers chapitres. Vous faites preuve d'un évident goût du détail et d'un sens aigu de l'observation. Continuez !

Si vous obtenez de 5 à 8 bonnes réponses : c'est un résultat honorable ! Certains détails vous ont toutefois échappé. Aussi, n'hésitez pas à revenir aux pages que vous avez tournées un peu trop rapidement.

Si vous obtenez moins de 5 bonnes réponses : installez-vous dans un endroit calme, isolé et... reprenez tout depuis le début ! Vous risqueriez sinon de vous perdre dans la suite du roman.

Les serpents

(p. 120)

Il fallait trouver :
1. C - 2. F - 3. B - 4. A - 5. E - 6. D

Dix questions pour continuer

(p. 121)

1 : B (p. 55) - 2 : A (p. 59) et C (p. 60) - 3 : C (p. 63) - 4 : B (p. 64) - 5 : B (p. 72) - 6 : A (p. 74), B (p. 74) et C (p. 74) - 7 : B (p. 80) - 8 : C (p. 83) - 9 : B (p. 85) - 10 : B (p. 85).

Si vous obtenez de huit à dix bonnes réponses : l'intrigue de cette histoire semble vous passionner. Vous faites preuve d'une réelle attention et votre mémoire est excellente.

Si vous obtenez de cinq à huit bonnes réponses : il semble que vous n'ayez pas accordé assez d'attention à ces chapitres. Peut-être serait-il utile que vous les relisiez.

Si vous obtenez moins de cinq bonnes réponses : au point où vous en êtes, autant reprendre le livre depuis le début ! Essayez de vous concentrer.

A bâtons rompus
(p. 123)

1. Me Robion, p. 70
2. Masseron, p. 73
3. L'instituteur, p. 65
4. Me Robion, p.72
5. « Les habitants pourraient tenir ce discours, pense François », p. 66
6. Me Robion, p. 78
7. Le haut-parleur du supermarché, p. 56
8. Me Robion, p. 49
9. Masseron, p. 68
10. François, p. 80

Dix questions pour conclure
(p. 125)

1 : A (p. 87) - 2 : B (p. 88) - 3 : A (p. 94) - 4 : B (p. 92) - 5 : C (p. 106) - 6 : A (p. 108) - 7 : B (p. 111) - 8 : A (p. 110) et C (p. 112) - 9 : C (p. 112) - 10 : A

Si vous obtenez de 8 à 10 bonnes réponses : « la vengeance de la mouche » a su visiblement vous tenir en haleine. Vous étiez impatient de découvrir le dénouement de l'intrigue mais vous n'en avez pas négligé pour autant les détails. Félicitations !

Si vous obtenez de 5 à 8 bonnes réponses : n'auriez vous pas tendance à lire « en diagonale » ? Certains détails ont dû vous échapper. C'est dommage. Pourquoi ne reliriez-vous pas le livre. Vous ne le regretterez pas !

Si vous obtenez moins de 5 bonnes réponses : votre attention n'était pas tout entière centrée sur la lecture de ce récit. Un conseil : allez vous reposer et relisez le livre avec un regard neuf.

Justes mots pour la justice
(p. 126)

Il fallait lire, dans l'ordre :
assises, justice, cour, juge, salle d'audience, magistrats, robes, prévenu, avocats, jury, jurés, greffier, président, interrogatoires, plaidoieries, salle de délibération, délibérer,

Polar et cinéma
(p. 130-131)

1 : L - 2 : Q - 3 : M - 4 : F - 5 : S - 6 : N - 7 : O - 8 : D - 9 : P - 10 : I - 11 : E - 12 : E - 13 : J - 14 : B - 15 : G - 16 : C - 17 : T - 18 : B - 19 : A - 20 : F

Ça mord !
(p. 131)

1. B - 2. D - 3. F - 4. C - 5. A - 6. J - 7. I - 8. K - 9. H - 10. E - 11. G

Le procédé criminel
(p. 132)

1. STRANGULATION - 2. EMPOISONNEMENT - 3. ASPHYXIE - 4. NOYADE - 5. INJECTION - 6. ETOUFFEMENT - 7. PENDAISON - 8. COUPS - 9. ELECTROCUTION - 10. DECAPITATION

Gustave et les autres
(p. 133)

Réalisations architecturales de Eiffel : **A.** Le Bon Marché, **B.** La tour Eiffel, **C.** Le pavillon de l'Exposition universelle.
Réalisation de Bartholdi : **D.** La statue de la Liberté.
Réalisation de Viollet-le-Duc : **E.** La Sainte-Chapelle.
Réalisation de Mansart : **F.** Le Panthéon.

Personnages en quête d'auteur
(p. 134)

1 : H - 2 : A - 3 : G - 4 : K - 5 : B - 6 : A - 7 : E - 8 : D - 9 : J - 10 : C - 11 : I - 12 : L

Vous avez aimé cette enquête
de Sans Atout...
Retrouvez le héros
de **Boileau-Narcejac**

dans la collection FOLIO **JUNIOR**

LES PISTOLETS DE SANS ATOUT

n° 604

Invité à passer un mois de vacances à Londres, chez son ami Bob Skinner, Sans Atout craignait de trouver le temps long ! Les événements se chargeront de le rassurer. D'abord en mettant Tom – un automate obéissant à la voix – sur son chemin ; ensuite, en faisant disparaître l'inventeur de Tom, qui est aussi le père de Bob ! puis en faisant apparaître un mystérieux visiteur... Mais, au fait, où sont passés les pistolets de duel qui appartenaient au grand-père de Bob ? Quel rôle joue Miss Mary ? Compliqué, tout cela ? Pour nous, peut-être, mais pas pour Sans Atout !

“Les feuillages créaient des zones d'ombre propices à une filature. François se rapprocha sans bruit. Miss Mary s'immobilisa devant la grille mais, au lieu de l'ouvrir, elle posa sa valise sur le sol et attendit. François se cacha derrière un marronnier. En pyjama, il n'avait pas chaud, mais sa curiosité était devenue telle qu'il ne pensait plus a rien. Qu'allait faire Miss Mary ? Il la distinguait mieux et s'aperçut qu'elle était en robe de chambre. Soudain, François comprit : quelqu'un allait venir.

Il ne fut pas surpris quand une ombre apparut, de l'autre côté de la grille, et se dessina tout contre les barreaux. Malheureusement, la lumière du réverbère n'était pas assez forte pour qu'il fût possible de distinguer un visage. La silhouette était celle d'un homme d'assez grande taille. Miss Mary prononça quelques mots, puis elle saisit la valise, qui semblait légère, et essaya de la faire passer entre les barreaux. L'homme l'aida en comprimant les flancs de la petite mallette, et celle-ci fut bientôt entre ses mains. Il s'éloigna aussitôt et sembla fondre dans l'obscurité.

Miss Mary ne bougeait plus. Deux ou trois minutes s'écoulèrent, puis une auto démarra, au bout de la rue. Miss Mary écouta encore. Enfin, elle revint vers la maison et passa tout près de François accroupi. Elle se tamponnait les yeux avec un mouchoir dont la blancheur tranchait sur son profil à contre-jour. Elle pleurait... ”

(Extrait du chapitre 5)

Sans Atout contre l'Homme à la dague
n° 624

Prisonnier dans son cadre, l'Homme à la dague *toise Sans Atout. Le jeune garçon, bien que fasciné par le tableau, supporte difficilement le regard d'acier qui semble suivre ses moindres mouvements. Se pourrait-il que cet étrange personnage soit vivant ? Hypothèse qui paraît invraisemblable. Pourtant, un soir, l'Homme à la dague disparaît ! Sans Atout est persuadé d'avoir reconnu sa silhouette qui s'enfuyait au fond du parc. Ce portrait, qui a toujours porté malheur à ses propriétaires, va-t-il jouer un mauvais tour à M. Royère, son actuel propriétaire ?*

❝ Il entendit un grand bruit dans le moulin, se mit à genoux. La fenêtre s'ouvrit violemment ; l'Homme à la dague, éclairé par-derrière, se découpa en noir, formidable, derrière les barreaux. Sans Atout s'enfuit, la terreur au ventre. Il n'avait plus qu'une idée : le tilbury. Mais déjà il ne se rappelait plus par où il était venu. Il ne retrouvait plus la cour.

Le bruit de la cascade était tout proche, maintenant. Un petit pont de bois sonna creux sous ses pas. Il se retourna et vit la silhouette lancée à sa poursuite. Il repartit au hasard. La rivière brillait à sa gauche ; il s'en approcha d'instinct, parce que c'était, dans la nuit hostile, une présence amie. Il atteignit les saules du rivage, se blottit derrière l'un d'eux et, une main pétrissant son cœur, l'autre s'appuyant à l'écorce rêche qui lui meurtrissait les doigts, il attendit.

L'ombre de l'Homme à la dague, déformée par les pans du manteau que sa course faisait flotter, passa sur le sentier, dans un bruissement d'herbes foulées. Elle s'arrêta bientôt. L'Homme écoutait. Il tournait lentement sur lui-même, à l'affût. La lumière mourante du clair de lune éclaira son masque sombre, les trous vides de ses yeux, jeta un éclat sur la lame du poignard dégainé. Sans Atout se recroquevillait, à bout d'espérance.

Guidé par quelque effluve, L'Homme à la dague revint en arrière, s'arrêta encore. Il était à quelques pas seulement, immobile, arbre parmi les arbres. Il savait que le fugitif s'était caché, qu'il n'était pas loin et ne tarderait pas à se trahir. Sans Atout sentait qu'il était perdu »

(Extrait du chapitre 7)

L'INVISIBLE AGRESSEUR

n° 703

Le vieux châtelain d'Oléron est mort avant d'avoir pu vendre son château. Mais sa disparition n'a rien de vraiment naturel : il a été assassiné. Ce meurtre dans un château qu'on dit hanté ne peut qu'éveiller la curiosité de Sans Atout. Le jeune détective décide de mener l'enquête et fait d'étranges découvertes. Mais qui s'ingénie à effrayer les hôtes de la vaste demeure ? Bientôt un second assassinat vient encore compliquer l'affaire…

“ – Vous m'avez déjà dit qu'il se passait ici des choses insolites. Alors ?

– J'aurais mieux fait de me taire, murmure-t-il. Et pourtant, c'est vrai. Ça a commencé il y a longtemps. Un peu après la mort de monsieur Chalmont. Des choses bizarres… le téléphone sonnait, personne au bout. Des bruits aussi, des coups légers à la porte d'une pièce ou d'une autre. Vous alliez voir ; personne derrière. Ou bien, c'était des tiroirs qui s'ouvraient tout seuls. Vous les repoussiez et aussitôt ils se rouvraient. Quelquefois, c'était un objet qui changeait de place. On l'avait laissé en un endroit, on le retrouvait ailleurs. Monsieur Roland disait : “n'ayez pas peur. C'est papa.” N'empêche que notre cuisinière et notre jardinier de l'époque ont préféré partir. C'est à cause d'eux que le pays a commencé à s'écarter de nous. Mais, vous savez, on se fait à tout. Je me suis habitué à ces choses. Monsieur Roland et moi, on parlait ensemble du défunt Monsieur comme s'il avait encore été là. Quand monsieur Roland a eu l'idée de ces soldats, il m'a simplement dit : "Ça fait tellement plaisir à papa." Et pareil pour les croix. Moi, monsieur Robion, je ne suis pas instruit. Je ne peux pas vous expliquer comment cette croix s'y est prise pour arriver dans votre chambre ; mais ce que je peux vous affirmer, c'est que personne, ici, ne songe à vous causer de désagréments.»

(Extrait du chapitre 4)

SANS ATOUT
ET LE CHEVAL FANTÔME

n° 476

Ce sont certainement les dernières vacances que François va passer au château de Kermoal. Son père, maître Robion, veut le vendre. Le cœur serré, le jeune garçon retrouve la vieille forteresse et les Jaouen, qui veillent sur elle. Mais François, qui n'est autre que Sans Atout, ne les reconnaît pas : leur comportement est si étrange ! C'est alors que Jean-Marc, le fils des Jaouen, l'avertit : « A minuit, regarde à travers les fentes des volets... »

« – Ça ne va pas tarder ! annonce Jean-Marc.

Marguerite pousse un gémissement. Jaouen vide sa pipe sur la pierre du foyer et s'embusque au coin de la fenêtre.

– Il fait noir comme dans un four, grogne-t-il.

– On pourrait ouvrir les persiennes, propose Jean-Marc.

– Non, crie Marguerite. J'aurais trop peur !

Son mari hausse les épaules et, tout doucement, écarte les persiennes. Mais la bourrasque les referme aussitôt. Alors Jaouen prend les grands moyens ; il claque les persiennes sur les murs, les accroche solidement. Un coup de vent se rue dans la chambre et une gerbe d'étincelles jaillit dans la cheminée. La nuit est entrée, froide, humide, vivante. La mer roule puissamment, à l'angle du château.

– Mon Dieu ! Mon Dieu ! répète Marguerite en allant se blottir dans l'angle le plus reculé de la pièce.

– Minuit moins trois ! dit Jean-Marc.

Comment ce cheval de l'au-delà peut-il savoir l'heure ? La lune se montre, soudain, au milieu d'une flaque de ciel clair, laissant apercevoir des nuages qui s'effilochent à toute allure.

– Le voilà, murmure Jaouen. »

(Extrait du chapitre 7)